Erzählungen von damals

Samenkorn

Berta Schmidt-Eller

Haus Gudelius

Samenkorn

1. Auflage 2010

Christlicher Schriften- und Liederverlag
Liebigstr. 8, 33803 Steinhagen, Germany

Korrekturen:	Samenkorn e.V.
Umschlag:	I. Schulz, A. Fast
Zeichnungen:	I. Schulz
Satz:	Samenkorn e.V.
Druck und Bindung:	Druckerei C.H. Beck
ISBN	978-3-86203-011-8

Vorwort

zu „Erzählungen von damals“

In manchen Regalen und Schränken liegen sie noch, vergilbt und verstaubt, vielleicht von niemandem mehr gelesen – kleine gedruckte Heftchen in altdeutscher Schrift, mit kurzen oder längeren Geschichten aus einer vergangenen Zeit, oder ganze Bücher, von Hand abgeschrieben. Sie sind das Erbe der Großeltern-Generation, die sich gute Bücher nicht mit solcher Leichtigkeit kaufen oder bestellen konnte, wie wir heute. Für viele deutsche Gläubige in der ehemaligen Sowjetunion war ein gutes deutsches Buch eine solche Rarität, dass man keine Mühe scheute, es in tagelanger Arbeit abzuschreiben, denn sie lebten in einer Zeit, in der es keine Computer, Kopierer und Scanner gab. Viele solcher Handschriften und auch alte gedruckte Heftchen werden bis heute von ihren Besitzern geschätzt und behütet. Manch einer hat sich bereit erklärt, den Inhalt mit anderen zu teilen. Wir bekommen viele Kopien solcher Heftchen und Bücher zugesandt, mit dem Angebot, die Geschichten in unserer Verlagsproduktion zu verwenden. Nun haben wir wieder einige solche Erzählungen ausgesucht, sie sprachlich etwas bearbeitet und möchten sie den heutigen Lesern als Lektüre anbieten, die uns eine verflossene Zeit näher bringen und uns von dem Erleben der Menschen „von damals“ erzählen. Auch wenn vieles „damals“ anders war als heute – Gott war derselbe wie heute und Sein Wirken an den Menschen damals wie heute ist staunenswert.

Herzlichen Dank an alle, die bei der Neuherausgabe der alten Geschichten mitgewirkt haben: an alle, die Handschriften, Heftchen und Bücher zur Verfügung stellten, die abtippten, korrigierten, Bilder malten, guten Rat gaben, kritisierten und Vorschläge machten!

Wer gute inhaltsreiche Bücher oder Manuskripte, die sich für eine Herausgabe im Rahmen der Reihe „Erzählungen von damals“ eignen würden zuhause liegen hat, und sie gerne zur Verfügung stellen würde, könnte diese an folgende Adresse schicken:

Samenkorn e.V.
Christlicher Schriften- und Liederverlag
Liebigstr. 8
D-33803 Steinhagen

Haus Gudelius

Über das regennasse Asphaltpflaster huschte ein Sonnenstrahl. Der frische Aprilwind jagte die Wolken in lustigem Spiel, dass sie einmal den Regen niederprasseln und dann wieder die Sonne durchgucken ließen; und die blanken Strahlen lachten über die Menschen, die noch immer ängstlich den Regenschirm aufgespannt hielten.

Auf dem breiten Bahnhofsplatz wogten in buntem Gewimmel die Reisenden durcheinander, Autos hupten unaufhörlich, schrill klingelten Radfahrer dazwischen, und der Straßenbahnen scharfer Glockenton versuchte stetig das Rasseln und den Lärm zu übertönen. Und zwischen alledem das Geschrei der Zeitungsverkäufer.

Ein Bürschchen von etwa dreizehn Jahren schlängelte sich behände durch die hastende Menge, kreuzte knapp vor einem Auto die Straße, dass der Fahrer wütend schimpfte, zwängte sich zwischen zwei haltenden Droschken durch und stellte sich an dem breiten Ausgangsportal auf, mit scharfem Blick die Ankommenden und ihr Gepäck musternd.

Ein Herr näherte sich von drinnen dem Ausgang. Sein Koffer schien augenscheinlich sehr schwer, aber das kam dem Jungen gerade gelegen. Die Mütze vom Kopf reißend, trat er heran: „Darf ich Ihnen den Koffer tragen?“

Der Reisende lächelte: „Der wird dir wohl zu schwer werden, mein Junge. Es ist für mich schon keine Kleinigkeit.“

„O, ich schaffe es schon! Ich bin stärker, als ich aussehe“, versicherte der Junge.

Er traut sich allerhand zu, musste der Herr denken. Aus solchen Menschen wird etwas, und laut sagte er: „Na, dann versuche dein Glück. Wenn du den Koffer bis zum ‚Haus Gudelius‘ bringst, sollst du 50 Pfennig bekommen.“

In des Jungen Augen leuchtete es auf. Er hob den Koffer auf, setzte ihn auf die Fensterbank neben der Tür und schob ihn dann mit einem Ruck auf die Schulter. Es war eine ansehnliche Last, und erst recht für solch schmächtiges Bürschchen. Der Reisende betrachtete den Vorangehenden nachdenklich. Er trug ein schäbiges Wams und leinene Hosen, aus denen sich ein Paar nackte Beine streckten. Unter der abgegriffenen Mütze quoll dichtes Haar hervor, doch in dem Kopf, von der Last zur Seite geneigt, saßen ein Paar Augen! Gerhard Gudelius, der Kaufmann, sah seinem Gepäckträger jetzt von vorn voll ins Gesicht, und als der Junge den Blick erwiderte, da fuhr dem Mann der Gedanke durch den Kopf: „Was hat der Junge für Augen!“

Keuchend unter der Last, mit zitternden Knien und bebendem Körper schleppte sich Fritz Neumann Schritt für Schritt vorwärts. Während er ging, arbeitete nur ein Gedanke in seinem Gehirn: 50 Pfennig! Das reichte gerade für ein Vierpfundbrot. Wie würde Mutter sich freuen, wenn er ein ganzes rundes Brot heimbrächte! Der Vater freilich würde schelten, dass er kein Geld zu sehen bekam.

„Weißt du denn, wo die Firma Gudelius ist?“, fragte jetzt der Begleiter.

„Königsplatz, Ecke Reichsstraße!“, stieß Fritz keuchend hervor und bog um die Ecke. Schräg über den Platz leuchtete das Firmenschild.

Nun standen sie vor der Eingangstür und Fritz ließ den Koffer zur Erde gleiten. Der Schweiß perlte dem Jungen auf der Stirn. Aber die dunklen Augen glänzten und glühten, als ob ein lebendiges Feuer darin lohte.

„Da, mein Junge, ein Fünfziger!“ Gudelius reichte dem Jungen das Silberstück. Der dankte freudig und eilte in Richtung Bahnhof davon.

Gudelius wandte sich einer Seitentür zu. Er wurde nicht erwartet und überraschte gern das Personal. Er öffnete die kleine Tür und trat über den Hof in den Lagerraum, wo Papiere aller Art in Stößen und auf langen, hohen Regalen aufgestapelt waren.

Ein junger Bursche kam ihm entgegen. Als er den Chef sah, erbleichte er, besann sich aber schnell und grüßte.

„Wohin willst du, Plange?“, fragte Gudelius streng.

„Bestellung fortbringen – nach Roberts & Co.“

„Seit wann gehen Bestellungen ohne Adresse fort? Scheint ja bunt auszusehen hier hinten! Wer schickt dich denn?“

„Lagermeister Mell – ich habe einen Brief“, er zog ihn aus der Tasche. „Herr Mell ist oben im Kontor.“

„Kehrt!“, kommandierte Gudelius und gab dem Jungen einen Rippenstoß. Der Bursche stotterte etwas wie: „Eilige Bestellung“, fand aber kein Gehör und musste wohl oder übel mit ins Kontor hinauf, wo der Lagermeister mit dem Prokuristen verhandelte. Als der Chef, den Jungen vor sich herschiebend, so plötzlich ins Büro trat, eine Wetterwolke auf der Stirn, wurde es den beiden ein wenig unbehaglich.

Mell grüßte kurz und fuhr den Jungen an: „Plange, warum bist du nicht schleunigst losgefahren nach Roberts & Co.? Jetzt bin ich schon eine Viertelstunde hier oben und du bist noch nicht unterwegs!“

„Seit wann, Herr Mell, geben wir Bestellungen ohne Adresse fort? Ist das von Ihnen neu eingeführt seit meiner Abreise?“

„Herr Gudelius, Verzeihung – ich weiß nicht – ich habe dem Jungen keine Pakete mitgegeben!“

„Ich soll doch 500 Probebogen von dem karierten Quart mitnehmen!“, ließ sich Plange jetzt hören.

„Nichtsnutziger Bengel, wer sagt denn das? Kein Mensch! Du sollst den Brief wegbringen und auf Antwort warten! Weiter ist kein Wort gefallen!“, fuhr der Lagermeister auf.

Der Chef sah von einem zum andern. Dann ging er zum Fernsprecher und rief eine Nummer in den Apparat.

„Hier Gudelius. Schicken Sie doch bitte Herrn Gartner rüber. Nein, nur eine Kleinigkeit. In zehn Minuten? Gut, ich bin Ihnen dankbar. Wiedersehen!“ Er hängte den Hörer ein.

„So, mein Bursche, mit dir sind wir gleich fertig: Du bleibst die nächsten zehn Minuten hier und Sie auch, Mell.“ Gudelius’ Augen funkelten. Dann ging er mit dem Prokuristen in das angrenzende Büro. Er fragte nach diesem und jenem, berichtete kurz von seiner Reise und ging dann wieder hinüber, wo Mell mit dem Laufjungen regungslos neben der Tür stand.

Gartner, der Polizist, klopfte eben an. Gudelius öffnete selbst.

„Herr Gartner, gehen Sie doch mal mit dem Jungen in dessen Wohnung und schauen Sie nach, ob da kein Papierlager ist!“

Jetzt heulte der Junge los: „Ja, ja, ich habe es gestohlen. Mein Vater sagt, es wäre nichts dabei, und ich wäre ein Waschlappen, wenn ich nicht einmal ein paar Bogen stehlen könnte. Und – und der

Herr Gudelius wäre reich genug, und – Sie brauchen mich doch nicht gleich ins Gefängnis zu stecken – und die Polizei – und ich bin doch gar nicht so schlecht – und ich tu's nicht mehr – und die Bogen wollte ich jetzt nach Hause bringen –", und er fing an zu heulen.

„Verwünschter Schuft! Raus hier und komm nicht wieder vor meine Augen! Deinen Lohn hast du ja schon weggestohlen! Sei froh, dass du so davonkommst! Sorgen Sie, Mell, dass der Wicht fortkommt, und dann melden Sie sich bei mir."

Mell verschwand mit dem heulenden Jungen und der Chef des Hauses Gudelius wandte sich an den Polizisten Gartner.

„Der Fall war schnell erledigt, wie? Nichtsnutziger Bengel, der Plange! Wenn sie die Uniform sehen, gestehen sie gleich. Ich kenne das!" Er reichte dem Uniformierten eine Havanna. Mit zufriedenem Lächeln verschwand er. Über den Hof schreitend, hörte er Mells lautes Fluchen und das Gebrüll des Laufjungen. Mell ließ seinen Zorn im reichen Maß an dem Jungen aus, ehe er ihn fortjagte.

Oben sagte der Prokurist: „Jetzt verstehe ich auch, wo die Sendungen für Bremer geblieben sind und die für Hengstenfeldt. Die sind sicher alle in Planges Privatlager gewandert."

Der Chef schüttelte den Kopf. „Unbegreiflich, dass der Mell keinen Verstand dafür hat. Er hat den Plange viel zu viel ohne Aufsicht gelassen. Na, ich werde ihm schon die Meinung sagen, wenn er gleich kommt. Schreckliche Bummelei!"

Als der Chef dem Jägermeister „die Meinung gesagt“ hatte, meldete der Prokurist, dass er das Lehrfräulein mit einer Annonce zur Zeitung geschickt habe, dass sich Laufburschen sofort mit ihren Schulzeugnissen melden sollten.

Gudelius nickte nur dazu.

Eine Treppe höher, über den Büros, lag die Privatwohnung des Herrn Gudelius. Wenn er hier eintrat, empfing ihn allerlei Liebe, die auch die finstersten Wolken zu verjagen vermochte. Da war seine Frau, die jugendlich schöne, schlanke Hella Gudelius, die immer freundlich und gut aussah. Da war sein Junge, der dreizehnjährige Alfred, der so stämmig wie ein Siebzehnjähriger war, und dann die zierliche, anmutige Magdalena, die so hell lachen konnte und mit ihren zehn Jahren ganz und gar der verwöhnte Liebling des Hauses war.

„Der Vater, der Vater!“, rief sie auch heute jubelnd, als Gudelius eintrat, und sie flog ihm in die Arme. Nach froher Begrüßung ging man in das Esszimmer, wo im Erker gerade der Kaffeetisch gedeckt war. Die schlanke Frau holte noch eine Tasse aus dem eichenen Büfett und ließ sich von ihrem Mann den Erfolg der Reise mitteilen.

„Was war eben für ein Lärm im Haus?“, fragte sie dann nebenbei.

„Plange hat lange Finger gemacht“, berichtete der Mann. „Na, ich habe schnell die Wahrheit rausgekriegt!“ Und er erzählte kurz den Vorgang. Dann trat er an eins der Fenster, das einen schönen Ausblick auf den Königsplatz und sein buntes Treiben bot, und strich sich nachdenklich den blonden Schnurrbart.

„Der ewige Ärger mit den Laufburschen!“, sagte er zu seiner Frau, ohne den Blick abzuwenden. „Entweder bummeln die Jungen, oder sie lügen wie gedruckt, oder sie stehlen. Das ganze Geschäft bringt einem nicht soviel Ärger wie diese Jungen. Haurisius hat leider die Anzeige schon weg, sonst hätte ich's diesmal gelassen und lieber noch einen Lehrjungen für das Lager engagiert. Na, wenn mir kein Passender kommt, tue ich das noch!“

„Du solltest dir die Jungen doch lieber selber ansehen. Du sagst selbst, dass Haurisius kein Talent hat, die richtigen Leute herauszufinden“, wandte jetzt die Frau ein. „Mag er auch der beste Prokurist der Welt sein, wofür er kein Geschick hat, das muss man ihm nicht überlassen.“

Gudelius nickte. „Ja, wir hatten noch immer Pech mit Leuten, die er einstellte! Ich hätte ja auch den Plange im Leben nicht genommen. Na, ja, damals konnte ich doch nicht wegen einem Laufjungen die Messe vernachlässigen. Morgen werde ich selbst sehen ...“

Plötzlich verfolgte des Kaufherrn Blick interessiert die Passanten der Straße. Schräg über den Platz kam ein barfüßiger Junge, der einen Koffer schleppte. Das war ja sein Gepäckträger, der Bub mit den großen Augen! „Wenn ich den als Laufburschen hätte!“, dachte Gudelius, und sofort setzte er den Gedanken in die Tat um. „Alfred!“, rief er, sich ins Zimmer wendend.

Erstaunt sah die Hausfrau von ihrer Stickerei auf: „Was soll der Alfred?“ Gudelius lachte über das ganze Gesicht und zog den Eintretenden ans Fenster.

„Alfred, siehst du dort, etwa zehn Schritt vor der Plakatsäule, den Jungen, der eben den Koffer absetzt? Lauf hinunter und sag dem Burschen, er soll zu Herrn Gudelius kommen, dem er vor zwei Stunden den Koffer getragen hat. Mach schnell, da geht er schon weiter!“

Alfred Gudelius wusste, wenn er den Jungen nicht erwischte, war der Vater sicher ärgerlich. Also stürmte er die Treppe hinunter und sah sich auf dem weiten Platz nach dem barfüßigen Jungen um. Gerade bog er um die Ecke. Bald hatte Alfred ihn erreicht.

Fritz Neumann war ein wenig erstaunt, als er hörte, was er sollte.

„Erst bringe ich den Koffer weg“, sagte er. „Aber in zwanzig Minuten kann ich bei Herrn Gudelius sein.“

„Melde dich im Hauptkontor beim Prokuristen Haurisius“, sagte Alfred und wandte sich um.

Gudelius nickte zufrieden, als ihm sein Sohn mitteilte, er habe den Jungen angewiesen, sich im Hauptkontor zu melden.

Er erzählte, wie tapfer der Junge den Koffer geschleppt und dass er an ihm Gefallen gefunden habe. „Das wäre mir ein willkommener Laufbursche“, sagte er zum Schluss. „Ich bin gespannt, ob er in zwanzig Minuten zur Stelle ist!“

Ja, Fritz Neumann war zur angegebenen Zeit zur Stelle. Haurisius musterte den Jungen gerade vom Scheitel bis zur Sohle durch seine Brillengläser, als der Chef eintrat.

„Ah, da ist ja der Junge“, sagte er wohlwollend. „Wie heißt du denn?“

„Fritz Neumann, Herr Gudelius.“

„Wie alt?“

„Ich werde im September vierzehn Jahre, Herr Gudelius.“

„Was verdienst du mit dem Kofferschleppen?“

„Heute habe ich 80 Pfennig, manchmal weniger, oft nichts. Ich tue es erst seit vier Wochen alle Tage und habe insgesamt 7 Mark verdient.“

„Du besuchst noch die Schule?“

„Ja, die Volksschule Turnerstraße, das letzte Schuljahr.“

„Hast du jeden Nachmittag schulfrei?“

„Ja, Herr Gudelius.“

„Hör mal, ich brauche einen Laufjungen, nachmittags von 2 Uhr bis gegen 7 oder 8 Uhr. Hättest du Lust hier einzutreten?“

„Richtig angestellt? So mit Gehalt?“

„Ja, natürlich bekommst du Gehalt. Das ist dir anscheinend sehr wichtig, was? Könntest morgen gleich anfangen.“

„O, gern, gern! Ich muss natürlich erst die Eltern fragen. Aber die haben sicher nichts dagegen, nein; ich kann Ihnen nachher Bescheid sagen.“

„Na ja, Fritz Neumann, frage deine Eltern, und dann bist du morgen um 2 Uhr da und stellst dich dem Lagermeister Herrn Mell als Laufjunge vor. Du bekommst monatlich 15 Mark. Das ist doch genug. Dafür darfst du aber keine Trinkgelder von unserer Kundschaft annehmen. Verstanden? Und Pünktlichkeit ist Hauptbedingung. Dass du nichts mitschleppst vom Lager oder sonst wie lange Finger machst, brauche ich wohl nicht zu sagen, das finde ich selbstverständlich. Und möglichst Schuhe und Strümpfe an den Beinen! So, nun kannst du gehen! Den Bescheid kannst du hier bis 7 Uhr abgeben."

Fritz Neumann war entlassen. Wie ein Betrunkener tastete er sich die Treppe hinunter.

„Hast du Geld?" Der Vater sah drohend den Jungen an, der das Brot auf den Tisch gelegt hatte und der Mutter „Guten Abend" wünschte.

„Für dich nicht, Vater! Schlag mich, schlag mich blutig, aber den Rest der Groschen bekommst du nicht." Ruhig sagte es der Junge, aber seine Glieder bebten.

„Du, du, wo ist das Geld?", schrie der Mann und stürzte mit geballten Fäusten auf seinen Ältesten.

Die Mutter warf sich dazwischen. „Schlage ihn nicht! Nein, schlage ihn nicht! Sollen wir wieder hungern? Morgen kann er keinen Arm mehr vor Schmerz heben. Und was dann, wenn das Brot alle ist? Du schaffst kein Geld ins Haus – du – du Säufer!"

Brutal stieß der Mann die unglückliche Frau zur Seite und packte den Jungen an den Haaren. Er wollte ihn zur Erde schleudern, aber der Blick seines Kindes traf ihn, und wie ein gezüchtigtes Tier wandte er sich ab, nachdem er dem Jungen einen Faustschlag ins Gesicht gegeben hatte.

Fritz Neumann trat an das Fenster, das vor Schmutz und Staub blind war, wischte mit der Hand darüber und sagte: „Mir ist der Posten eines Laufjungen bei der Firma Gudelius angeboten worden. Darf ich es annehmen?“

„Was kriegst du?“, fragte sein Vater, der sich auf eins der beiden Betten in der Ecke gekauert hatte.

„Monatlich 15 Mark.“

„So tu’s meinetwegen! 10 Mark krieg ich davon.“

„Das wird sich zeigen“, sagte die Frau und schnitt das Brot an.

Zwei Kinder polterten zur Tür herein.

„Hat Fritz was mitgebracht?“, fragte das Mädchen. „Brot, o Fritz!“, fuhr sie fort, als sie das Brot entdeckte. Fritz strich über das Blondhaar der sechsjährigen Schwester. Paul, der Zehnjährige, wandte sich ungestüm an die Mutter: „Gib mir was!“

Die hagere Frau schnitt eine dicke Scheibe ab, reichte auch dem Mann eine und aß selbst, während Fritz seine Mütze nahm und fortging, um den Bescheid zu bringen.

Als er langsam heimging, überlegte er, woher er wohl Schuhe bekommen könnte. Seine Stiefel hatte der Vater versetzt und das Geld in die Schenke getragen. Pauls Stiefel, die ihm zur Not gepasst hätten, hatte die Mutter fortgebracht und Brot dafür gekauft. Strümpfe, ja, da hatte die Mutter noch ein Paar, die am Knie gestopft waren. Sie mussten im Schrank liegen hinter den Zeitungen, welche die Mutter eines Morgens nicht hatte verteilen können und die ihr vom Botenlohn abgezogen worden waren. Fritz knirschte mit den Zähnen, als er daran dachte, wie seine Mutter mit dem schweren Packen ohnmächtig zusammengebrochen war, und wie er sie hatte aufrichten wollen und es nicht gekonnt hatte. Als er dann gegen Mittag die erschöpfte Frau notdürftig versorgt hatte und die Zeitungen den Kunden hatte zustellen wollen, hatte man ihn von den Türen gewiesen mit der Begründung, sie hätten bereits die Zeitung. Auf der Redaktion aber fragte man ihn, was sie wohl mit den alten Zeitungen anfangen sollten – zweihundert Stück! Hier wäre der Lohn für die letzten Tage, abzüglich der Zeitungen, sie seien entlassen. O, das war hart, so schmählich abgewiesen zu werden! Fritz ballte die Faust in der Tasche und trottete langsam weiter. Er war, ganz entgegen seiner Art, tief in Gedanken versunken.

Er war hungrig, der Junge, und müde, sehr müde und wusste es nicht, vergaß es über den Gedanken an Zukunft und Vergangenheit. Ob es jetzt wohl wieder besser werden würde? Ach, was waren denn 15 Mark! Die Miete für die zwei armseligen Dachzimmer stand noch von zwei Monaten, das waren schon mal 20 Mark. Und dann dachte er wieder: Wenn man nur für jeden Tag ein Brot kaufen kann, aber der Vater!

Das war das Schrecklichste, das Finsterste in seinem jungen Leben, dass der Vater ein Trinker geworden war, dass der Mann tagelang in den Ecken herumsitzen und vor sich hinstieren konnte, bis ihn auf einmal der furchtbare Satan packte. Dann fuhr er auf, riss die Kleider aus dem Schrank oder nahm die Schuhe seiner Kinder und trug sie zu dem Händler. Und dann kam er erst am anderen Morgen heim, torkelte über die Schwelle, schlug um sich, wetterte, legte sich dann auf das Bett und fing an zu heulen wie ein geprügeltes Kind. Und dann schlief er und die Kinder waren froh darüber, und auch die bleiche und abgezehrte Mutter.

Warum war das alles so? Fritz Neumann fand keine Antwort darauf. Er sah vor sich alles verschwommen. Die Vergangenheit – so vor zwei, drei Jahren – war so freundlich gewesen. Und dann die letzte Zeit!

Ziellos irrte der bleiche Knabe durch die Straßen. Er dachte zurück – Tag um Tag. Damals, als der Vater das Landstädtchen verlassen hatte, wie schön waren ihre Zukunftspläne gewesen! Wären sie doch in ihrer Wohnung am Markt wohnen geblieben, im freundlichen Städtchen, wo jeder den Vater so gut gekannt und wo ihn jeder achtete, den ehrenhaften Maurermeister! Damals hatte der Vater eigene Gesellen und Lehrlinge beschäftigt und saß mit im Rat der Stadt. Dann genügte es ihm nicht mehr. Er wollte höher hinaus. In der benachbarten Großstadt wurden Arbeiterkolonien gebaut und zu günstigen Bedingungen stellte die Gesellschaft Bauleute ein.

„Ich komme wieder!“, hatte Meister Neumann zu den lieben Freunden und Bekannten des Städtchens gesagt.

„Ich komme wieder!“, hatte Fritz Neumann zu seinen Schulkameraden gesagt und zu Pastor Held, seinem treuen Berater.

Der Vater hatte große Pläne und ließ sie hören. Er wollte sparsam leben in der Stadt – kleine Wohnung, sich nichts gönnen und sich dann mit vermehrten Ersparnissen an dem geplanten Bauunternehmen des Städtchens beteiligen. Ja, dann würde er nicht mehr ein Kleiner unter den Großen sein, sondern ein Großer unter den Großen. Das wollte Meister Neumann – aber Gott wollte das nicht.

Und weil Meister Neumann das wollte, zog er fort, verließ den gewohnten Ort, den sicheren Verdienst und ging in die Großstadt.

Fritz Neumann war nicht gern gegangen. Ehe er die Heimat verließ, war er zu Pastor Held hinaufgegangen. Noch einmal hatte dieser dem munteren Jungen ans Herz gelegt, dem treu zu bleiben, der ihn bis in den Tod liebte. Fritz war ein treuer Sonntagsschüler gewesen und hatte Jesus im kindlichen Glauben und Lieben sein junges Herz geschenkt. Sein Vater war pflichtbewusst und ehrlich, hielt von der Frömmigkeit nur wenig und ließ es gut sein mit dem Kirchgang am Sonntag. Vielleicht wäre er auch damals schon nicht gegangen, wenn ihn nicht seine Stellung als Bürger und selbständiger Handwerker dazu gezwungen hätte. Meister Neumann war kein Freund von Pastor Held. Der Pastor war ihm zu streng, zu genau. Der hielt zu fromme Bibelstunden, von denen die ganz Frommen sagten, sie wären so erbaulich. Und in den Gottesdiensten sagte er, dass die Menschen schlecht und verdorben seien. Das taugte auch nicht für aufrechte Leute wie die Neumanns. Seine Frau war auch schon so fromm geworden. Na, in der Stadt würde sich das verlieren, auch bei dem Fritz! Nein, noch hatte es sich nicht verloren, dachte der Junge. Damals hatte es der Vater oft gesagt, auch dann noch, als sie schon die Wohnung im Dachgeschoß hatten und Fritz jeden Sonntag zum Kindergottesdienst ging. Pastor Held hatte ihm die Adresse eines guten Sonntagsschullehrers gegeben und Fritz war weiter treu geblieben.

Und dann kam die Zeit, da Fritz den Vater täglich mit irrem Blick und einem blöden Lachen kommen sah: „Nüchtern bin ich, ganz nüchtern – ach was – Meister Neumann säuft doch nicht. Ach was – hoha – hoha – nur so ein Glas – es ist viel Arbeit. Nur so ein Glas für den Durst!"

Aus dem Glas für den Durst war ein Glas über den Durst geworden. Und dann war aus dem ehrlichen, pflichtbewussten Meister Neumann ein Säufer geworden, ein Säufer schlimmster Art.

Er hatte den Lohn vertrunken bis auf den Brotheller. Da ging die Mutter waschen Tag für Tag.

Dann hatte er von den vier Dachzimmern zwei abgegeben, dann die Möbel verschleudert, nachdem alle Ersparnisse dahin waren. Längst hatte sein Chef den Unbrauchbaren entlassen. Nun war die Not über die Schwelle getreten und das Elend hockte in den Winkeln.

Als dann die Mutter keine Kraft mehr hatte, von morgens bis abends am Waschfass zu stehen, hatte sie es als Zeitungsbotin versucht. Fritz hatte ihr geholfen, so gut er konnte.

Dann war der Tag gekommen, an dem sie ohnmächtig mit ihrem Packen zusammenbrach. Das war jetzt vier Wochen her. Da war Fritz Gepäckträger geworden.

Dunkel waren die Straßen. Müde ging der Junge heim. Der Vater saß vor der Haustür auf den Stufen. Fritz schlich durch den Hof des Nebenhauses und dann die Treppe hinauf, um nicht gesehen zu werden. Schon lange schien die Mutter gewartet zu haben.

„Hast du die Stelle?“, fragte sie bang.

Fritz nickte. „Herr Gudelius sagt, ich solle Schuhe und Strümpfe anziehen. Woher sollen wir die nehmen?“

„Mach dir keine Sorgen. Ich habe bei Frau Bertram deinen Sonntagsanzug und die Stiefel mit den Strümpfen hingestellt. Wenn du morgen aus der Schule kommst, kannst du essen; ich habe noch ein paar Kartoffeln da. Dann ziehst du dich unten um und siehst, dass du durch den Nachbarhof fortkommst, dass dich Vater nicht sieht!“

„Ich denke, du hast die Sachen versetzt. Sagtest du es nicht neulich zum Vater?“

„Ach, ich habe das nur gesagt, damit er es nicht zu Schnaps machen sollte.“

„Mutter, du solltest ihn nicht belügen!“

„Wenn ich nicht gelogen hätte, dann müsstest du morgen mit deinen Lumpen gehen“, fuhr die Mutter auf.

„Dann hätte Gott doch auch einen Ausweg gewusst“, meinte der Junge.

„Ach was! Wenn die Menschen ins Elend kommen, wenn der Mann ein Säufer ist, so will Gott auch von der Frau nichts wissen! Hilft Er uns denn noch? Was nützt all dein Bibellesen und Beten und Kirchengehen? Haha! Fritz, sei vernünftig! Der brave Meister Neumann und seine Familie waren

Gott ganz angenehm; aber den Säufer und seine elende Frau und die halbverhungerten Kinder lässt er im Stich!"

„Mutter, ach, so solltest du nicht reden! Hat Gott uns denn heute nicht geholfen, herrlich geholfen? Sieh, wie ich jetzt ging, dachte ich an früher und an die letzten Wochen. Da bin ich traurig geworden und hatte keinen Mut. Das Danken habe ich ganz und gar vergessen! Als ich heute den Koffer von Herrn Gudelius trug, habe ich die ganze Zeit gebetet. Und Gott half mir, half mir so wunderbar, dass ich sogar den Posten bekam! Ist das kein Beweis? Ist das nicht die Erfüllung der Verheißung: ‚Ich will dich nicht verlassen noch versäumen'?"

Die Frau zuckte die Achseln: „Geh ins Bett, Fritz. Hier ist noch Brot, iss und geh dann schlafen; du hast morgen einen schweren Tag vor dir."

Fritz kroch ins Bett. Er hatte eine neue Sorge: die Sorge um die Seele seiner Mutter.

Lagermeister Mell war vergnügt. Er hatte allen Grund dazu. Fritz, der Laufjunge, war fleißig und flink wie kein zweiter. In den wenigen Tagen hatte er sich sehr gut bewährt. Noch nie hatte der Lagermeister so einen ausgezeichneten Handlanger gehabt. Gab es eine Bestellung, war Fritz fix bereit, suchte nicht lange nach der Mütze, bastelte nicht umständlich die Pakete zusammen, trödelte nicht langsam zur Straßenbahn, sondern war blitzschnell außer Sicht und, ehe man sich versah, wieder zurück. Von einem Stadtende zum anderen flitze er, und Gänge, zu denen die früheren Laufburschen den halben Nachmittag gebraucht hatten, erledigte er in zwei Stunden.

Nun, so endlos viele Wege und Besorgungen waren ja nicht zu machen. Also stand Fritz immer wieder vor Meister Mell und fragte: „Was nun?“ Er verstand sich aufs Pakete schnüren wie kein zweiter: so half er manchmal im Packraum, sah sich auch die Papiersorten an und konnte bald alle Sorten und Arten auf den Regalen unterscheiden. Er half Meister Mell beim Sortieren und Aufstapeln und war zu Allem zu gebrauchen.

Die Neuigkeit von dem „famosen Burschen“, wie Meister Mell Fritz nannte, drang auch nach „vorne“. Das Personal unterschied ebenso wie der Chef im Hause Gudelius „oben“: die Büroräume, „unten“: die Lager- und Packräume, „vorne“: das Ladengeschäft, und „hinten“, das waren die Fabrikräume. Wenn es nun „vorne“ etwas zu laufen gab, hieß es, Fritz könnte gehen. Selbst in dem Fabrikbetrieb hieß es nach wenigen Tagen: „Fritz geht. Dann braucht kein Lehrling weg.“

Wehrenddessen merkte Fritz selber gar nicht, zu welchem Faktotum[1] er „unten“, „hinten“ und „vorne“ wurde. Er hielt es für seine Pflicht, alles so schnell wie irgend möglich zu erledigen, und freute sich, wenn Meister Mell ihn zu seinen Diensten rief und denen „hinten“ sagte, sie sollen den Lehrling schicken, er brauche Fritz selber. Das war

---

1 eine unentbehrliche Hilfskraft in einer gehobenen Vertrauensstellung

für den Jungen die größte Anerkennung, wenn der Meister ihn nicht „laufen“ ließ, sondern ihn zum Innendienst engagierte.

Fast drei Wochen stand Fritz jetzt in Diensten der Firma Gudelius. In fünf Tagen würde er seinen ersten Lohn bekommen. Fritz hatte so nebenbei erfahren, dass zu dieser wichtigen Begebenheit sämtliche Angestellte selbst zu Herrn Gudelius aufs Privatkontor kommen mussten. Den Anfang machte der Prokurist. Dann folgten – immer, wenn einer hinaus war, der Nächste – das Büropersonal, die Ladenmädchen und Verkäufer, die Meister von „hinten“, und von „unten“ Meister Mell, der Geselle und der Lehrling vom Lager, und dann, zuletzt, zu allerletzt kam der Laufjunge dran. Unter vier Augen stand dann jeder für einen Augenblick dem Chef gegenüber. Wer etwas versäumt hatte im letzten Monat oder nicht ganz treu in seinem Dienst gewesen war, der bekam eine bittere Pille zu dem Gehalt gelegt: eine Ermahnung, einen scharfen Tadel, einen strengen Blick, schlimmstenfalls eine Drohung. Dann musste man unterschreiben und ging hinaus. Für die Treuen, die sich untadelhaft gezeigt hatten, gab es kein sonderliches Lob. Das Höchste, was Herr Gudelius gewährte, war: „Machen Sie weiter so!“

All das hatte Meister Mell dem Jungen erzählt. Fritz war gespannt, was Herr Gudelius wohl für ihn hatte. Tadel? Er war sich keines Vergehens bewusst. Lob? Nein, er tat auch nichts Besonderes. Aber ohne Bangen sah er dem Tage entgegen.

Meister Mell saß auf einer Kiste mit seinem Vesperbrot. „Hinten“ hatten sie einen Gaskocher; da schüttete er sich immer eine Kanne voll auf. Fritz war eben von einem Gang zurück und sah sich um, wo es etwas zu tun gäbe.

„Fritz, mach Kaffeepause!“, rief der Meister.

„Och, Meister, ist nicht so wichtig. Soll ich die Büttenbogen abzählen zum Versand?“

„Warum isst du nicht? Hast du kein Brot?“

„Och, Meister, so dazwischen esse ich nie.“

„Komm her, du Sakra, zusammen schmeckt es besser. Donner! So ein Junge und kein Hunger; das wäre neu. Hier, iss, ich habe über!“

„Meister“, stotterte Fritz und wurde rot, „ich danke Ihnen.“ Er setzte sich zu Mell, faltete die

Hände über dem Brot und betete kurz mit gesenktem Kopf.

Meister Mell wusste vor Staunen nichts zu sagen. Er sah den Jungen an, schüttelte den Kopf und fragte dann: „Fritz, bist du nüchtern?“

Der Junge lachte: „Sicher! Warum denn nicht, Meister?“

„Na, du Sapperlot! Von wegen, die Tuerei da eben!“

„Meister, ich müsste nicht mehr nüchtern sein, wenn ich das Beten vergäße.“

„Junge, Kerl, du bist verrückt! Donner! Ein Bengel von vierzehn Jahren, und betet – bei solch einfältigem Butterbrot.“

„Sollte ich Gott nicht danken für die Gabe?“

„Du hast dich bei mir zu bedanken, Junge, und hast es auch getan. Meinst du, der liebe Gott hätte Zeit, den Dank für jede Butterschnitte anzuhören? Und außerdem, von mir war ja das Brot, nicht vom lieben Gott!“ Mell lachte aus vollem Halse.

„Ei, Meister, Gott gab es Ihnen ins Herz, dass Sie mir das Brot geben sollten!“

„Na, warum hat Er es mir denn nicht schon früher ins Herz gegeben; du hattest ja noch nie ein Vesperbrot!“

„Sonst hatte ich am Morgen gegessen und auch zu Mittag, heute aber nicht! Und das habe ich meinem Heiland unterwegs, jetzt eben nochmal gesagt. Gott wusste, dass ich hungerte. Und sehen Sie, Meister Mell, da gibt Er mir durch Sie ein Stück Brot. Soll ich da Gott nicht danken?“

Betroffen sah der Mann den Jungen an, aus dessen blanken Augen der Glaube leuchtete. Dann zuckte er die Achseln und sah zur Seite. „Da iss noch mehr, iss, Junge. Ich mag nicht mehr.“

Dankend nahm Fritz den beträchtlichen Rest und aß munter drauflos. Es war ihm so seltsam zumute und er dankte im Herzen dem Heiland, dass er für Ihn hatte zeugen dürfen.

Nach etwa einer Stunde fragte Mell plötzlich: „Fritz, warum hattest du denn noch nicht gegessen?“

„Wir sind arm –“, sagte Fritz, und seine Stimme zitterte.

Da fragte Mell nicht weiter. Nach einer Weile sagte er nur: „Du kannst immer ein Vesperbrot abhaben. Ich habe eine gute Wirtin; die macht’s immer reichlich.“

Von der Stunde an wurde Mell den Gedanken nicht mehr los, dass Fritz, der aufgeweckte, fleißige Junge, ein Frommer war. Das ärgerte ihn. Er selber war alles andere als fromm und konnte sich für alle Frömmelei nicht begeistern. Am anderen Morgen war er verdrießlich und gereizt, und Fritz hörte den Meister am Nachmittag in einem fort fluchen.

Als sie dann zum Vesper auf der Kiste zusammen saßen, schob Mell dem Jungen einen Becher Kaffee hin und Fritz fragte: „Meister, ich möchte etwas fragen, was Sie mir bitte nicht verübeln wollen. Warum fluchen Sie so viel?“

„Donnerkiel!“, rief der Meister und schlug mit der flachen Hand aufs Knie. „Dem einen macht das Beten Vergnügen, dem anderen das Fluchen!“

„Meister, es tut mir richtig weh, wenn Sie fluchen – so weh wie der Hunger!“

„Dummkopf! Was kümmert dich mein Fluchen! Ich bin keine alte Frau und auch kein dummer Junge. Jeder muss nach seiner Fassung selig werden!“

„Meister …“

„Schweig, du Dummkopf! Ich hör nicht hin! Donner und Doria! Ich lass mir von dir Lausebengel keine Vorschriften machen!“

„Na, Mell, was ist denn hier los?“, tönte es aus dem Hintergrund. Der Chef war unbemerkt ins Lager getreten und hatte die letzten Worte gehört. Nun trat er herzu und stand den beiden gegenüber.

Beide schwiegen und sahen einander an. Mell blickte verlegen zur Seite. Fritz aber wandte seinen Blick dem Chef zu und sah dem Mann klar und offen in die Augen, über deren buschigen Brauen der Zorn wetterleuchtete.

„Raus mit der Sprache! Was ist los? Fritz, gib Antwort!“

„Ich fragte Herrn Mell, warum er denn immer fluche“, sagte Fritz schlicht.

Gudelius sah von einem zum anderen; dann lachte er. „Na, Mell, das ist auch eine Frage, was? Warum soll Herr Mell denn nicht fluchen, Junge?“

„Es ist so hässlich.“

„Ach, Fritz, wenn es weiter nichts ist, so ein bisschen Fluchen schadet gar nichts.“

Verlegen sah der Junge zur Seite. Er wollte sagen, dass es Gott doch sicher nicht gefallen konnte; er wollte sagen, dass Fluchen Sünde sei, aber vor dem allgemein gefürchteten Chef wagte er es nicht. So schwieg er verlegen.

Gudelius ging mit Mell eifrig sprechend in den Packraum hinüber. Fritz blieb allein und schämte sich. Er schämte sich wegen seiner Feigheit und wegen seiner Menschenfurcht. Und da fand er nicht einmal den Mut zum Gebet. Das Herz war ihm zu schwer. Zu alldem kam nun noch eine Sorge, ach, eine ganz äußerliche, die er sonst sicher freudig und schnell dem Heiland gebracht hätte: Seine Schuhsohlen gingen durch. Besorgt hatte er am Mittag, als er sie bei der Nachbarsfrau anzog, die Sohle geprüft und gesehen, dass die schwache Sohle ganz bedenklich in die Brüche ging. Vier Tage waren es noch bis zum Monatsletzten und eher konnte er an die Reparatur nicht denken. Die Mutter hatte ihre liebe Not, für Brot und Kartoffeln ein paar Pfennige zu verdienen. Es war für sie hart genug; für ein Paar Schuhsohlen reichte es nicht. Und der Schuhmacher gab die Schuhe ohne Geld nicht wieder heraus.

Am Mittag war Fritz diese Sorge gar nicht so bedenklich erschienen. Jetzt aber nahm sie Gestalt an, stand vor ihm und grinste ihn an. Vor seinen Augen tanzte unablässig das Loch im Schuh. Zwischen den Papierpacken und zwischen den gesiegelten Briefen lugte es hervor. Auf der Straße sah er allen Leuten auf die Schuhe und fand, dass alle ganze Schuhe anhatten, und er wagte kaum, die Füße zu heben. Ach ja, wenn er hätte beten können! Wenn er jetzt, wie gestern um die Butterschnitte, den Heiland um die Schuhsohlen hätte bitten können! Aber er hatte Ihn ja verleugnet eben vor Herrn Gudelius; nein, jetzt konnte er nicht sagen: „Lieber Heiland, hilf mir Schuhsohlen zu bekommen!“ O, es war schier unerträglich.

Dann, am anderen Tage, wuchs die Sorge ins Endlose. Wie ein riesiges Ungeheuer legte sie sich auf seine Seele. Am Mittag hatte er gesehen, dass das Loch der einen Sohle so groß wie ein Zweimarkstück war, das andere etwas kleiner. Ach, zwei Tage hätte es noch gegangen. Morgen war Sonntag und am Montag bekam er sein Geld. Aber er hatte eben seine Arbeitsstätte betreten, als Meister Mell ihm sagte, er müsse mit dem Handwagen verschiedene Papiere zu einer Firma bringen. Es sei sehr eilig. Die Bestellung lag schon sorgsam verpackt auf dem Handwagen, und Fritz musste gleich fort damit.

Es war ein weiter Weg. Der Tag war sommerlich und hell. Die Sonne lag über der Stadt; das Asphaltpflaster war fast heiß. Weit bis in die Vorstadt führte der Weg. Fritz würde ein andermal all die kleinen Schönheiten der Großstadt mit Wonne betrachtet haben. Er hätte das Spatzenpaar unter dem Zierstrauch der Anlagen gesehen, und die grüne Ranke, die über eine düstere Mauer hing, hätte ihn ein andermal gewiss erfreut. Auch der Droschkenkutscher, der sein Pferd liebkoste und ihm ein Zuckerstückchen bot, würde ihm eine Freude gewesen sein; aber er sah heute nichts von alledem. Er sah nur die Schuhe, die zerrissenen Schuhe. Vier bis fünf Stunden Weg! Was würde aus den ohnehin schadhaften Schuhen werden? Und morgen? Und übermorgen? Fritz stöhnte. Bei jedem Schritt dachte er: Wieder ein Stück! Er schlich die Straße hinunter, langsam, immer langsamer. Jetzt war es auch nicht mehr das glatte Pflaster; jetzt holperte der Wagen über scharfes Kopfsteinpflaster. Er sann und sann. Gab es denn keine Möglichkeit, die Sohlen länger zu erhalten? Er wagte nicht zu sehen, wie weit sie schon kaputt gegangen waren. Auf seinem Herzen lag es wie eine Zentnerlast.

Vorwärts – vorwärts – Schritt für Schritt. Längst war die Stadt hinter ihm. In kurzer Zeit – eine halbe Stunde vielleicht – war das Ziel erreicht. Links standen nette Einfamilienhäuser, rechts waren Anlagen. Duftend wogten die blühenden Zweige. Armer, armer Fritz, mach doch lieber die Augen auf! Sieh mal die Lilien! Gott kleidet sie herrlicher als Salomos Seide. Und die Vögel, die Er nährt! Fritz sah heute weder die Lilien noch die Vögel. Er sah die ganze Zeit nur die zerrissenen Schuhsohlen.

Gegen 7 Uhr kam Fritz wieder im Lager an. Herr Mell gab ihm den Rest des Vesperbrotes, wies ihm eine leichte Arbeit zu und überließ den Jungen sich selbst.

Und dann kam der Sonntag, der Tag, an dem Fritz sich bei seinem Sonntagsschullehrer Kraft durch Gottes Wort holte. Andächtig saß der Junge da, wenn er von des Heilands Gnade hörte, und jedes Mal gelobte er seinem Heiland von neuem Treue für die kommende Woche.

Auch diesmal saß Fritz unter der Schar der lauschenden Jugend. Aber seine Gedanken gingen zurück zu der kurzen Begegnung mit dem Chef. Ach, dass er nicht den Mut gefunden hatte Farbe zu bekennen, dass er nicht vermocht hatte, den zu bekennen, der ihm half Stunde um Stunde! In jenem Augenblick hatte er aus eitler Menschenfurcht die Hilfe Gottes zurückgewiesen. Fritz schämte sich zutiefst. Er vergaß darüber sogar die zerrissenen Stiefel.

Nach beendeter Stunde winkte der Leiter, Herr Braß, den Jungen zu sich. „Na, Fritz, wie geht's dir? Kannst du vielleicht mal mit zu mir kommen? Ich habe ein Paar Schuhe diese Woche bekommen, ganz feine, mit dicken Nägeln beschlagen; sie könnten dir wohl passen."

Wie aus den Wolken gefallen starrte Fritz seinen Lehrer an. Das war also die Antwort auf die unausgesprochene Bitte? Das war das Ergebnis?

Schweigend ging er mit durch die belebten Straßen. Herr Braß fragte Fritz nach seinen Erfolgen und nach seiner Tätigkeit. Erst rückte Fritz nur sehr einsilbig mit der Sprache heraus; dann aber beichtete er plötzlich all seine Erlebnisse: Wie Herr Mell so arg geflucht habe, wie er ärgerlich geworden sei und wie dann Herr Gudelius dazugekommen wäre. Ja, er nahm sich gar nicht in Schutz; er bekannte frei und betrübt, wie er den Heiland verleugnet habe und wie er deshalb keinen Mut mehr hatte, den Heiland um Schuhe zu bitten.

„Die Mutter ist ja so besorgt. Sie weiß nicht, woher sie das Brot für uns nehmen soll. Wie könnte ich sie auch noch mit dieser Sorge belasten?“, schloss er kläglich seinen Bericht.

Herr Braß lächelte. Da hatte der Heiland dem Jungen eine Lektion gegeben, wie er es nicht gekonnt hätte. So hielt er es nicht für angebracht ihn noch zu tadeln. Er sagte dann nur: „Lieber Fritz, wenn du wieder einmal auf die Probe gestellt wirst und es heißt bekennen, so bete nur und lass die Menschen denken und sagen, was sie wollen. Bekenne Jesus, wie Er sich zu dir bekennt. Sieh, Er macht es wahr: ‚Ehe sie rufen, will Ich antworten‘!“

Beschämt und glücklich zugleich ging Fritz heim und erzählte der Mutter alles, damit auch sie glauben sollte.

Herr Gudelius war ärgerlich. Man merkte das gleich „hinten“ und „vorne“, „oben“ und „unten“. Über den Grund war man sich allerdings nicht recht im Klaren.

Der Chef hatte am Vormittag eine recht unangenehme Unterredung gehabt. Eine schlichte Frau, der man deutlich die Verarmung ansah, in deren Wesen sich aber noch die Spuren bessreren Umgangs zeigten, hatte heute Morgen Herrn Gudelius zu sprechen gewünscht. Sie hatte sich nicht vom Prokuristen abfertigen lassen, und als Gudelius erschien, hatte sie um ein Gespräch unter vier Augen gebeten.

Nach einigem Zögern hatte der Chef der Frau die Bitte gewährt. Da hatte die Frau im privaten Kontor gesagt, ihr Sohn Fritz, der Laufjunge, könne heute nicht kommen. Ohne ein Blatt vor den Mund zu nehmen, hatte sie erzählt, dass ihr Mann den Fritz geschlagen habe, weil er ihm seinen Lohn nicht gegeben habe. Ein Trinker sei ihr Mann, ein ganz schlimmer. Der Herr Gudelius möge doch den Fritz nicht merken lassen, dass er darum wüsste. Fritz sei so eigen und hinge so sehr an seinem Vater trotz seiner Trunksucht. Soweit es ginge, verschwiege er die Sache. Der Chef hatte hierzu die Achseln gezuckt und gefragt, wann der Junge denn wiederkommen könne. Die Frau hatte gemeint, vielleicht morgen. Er sei die ganze Nacht bewusstlos gewesen. Erst heute Morgen sei er wieder zu sich gekommen. Seine erste Frage sei gewesen, ob die Mutter ihn entschuldigen könne in der Schule und bei dem Chef. Gudelius bemerkte dazu, dass das eigentlich Meister Mells Sache sei. Private Angelegenheiten interessierten ihn nicht. Und nun sei es gut; die Frau könne gehen.

Mit schlichtem Dank hatte sich Frau Neumann verabschiedet.

Gudelius aber ging zum Lagermeister hinunter. „Mell, der Fritz kommt heute nicht; er ist krank. Sagen Sie mal, was halten Sie so im Allgemeinen von dem Jungen?"

„Der Fritz? O, Herr Gudelius, der weiß sich zu benehmen! Der hat so ein bisschen Anstand. Er ist ja ein Frommer, das stört mich immer etwas. So zum Beispiel seine offene Art, die manchmal sehr lästig werden kann. Will ich ihm da neulich eine Falle stellen und sage, wenn er mal ein Trinkgeld bekäme, das dürfe er schon annehmen. Darauf antwortet der Bursche, Sie hätten es aber verboten. Na, meine ich zum Schein, so genau könne man das nicht nehmen. Das sei so allgemein, damit es nicht ausartet. Und wissen Sie, Herr Gudelius, was der Junge sagt? Das sei Veruntreuung und geradeso wie Diebstahl. Und Lüge und Betrug sei so etwas. Wenn es auch kein Mensch merken würde, so wüsste Gott doch darum. Na, das ist ja besser, als wenn einer lange Finger macht. Aber recht unbequem kann solche Situation werden, wenn der Junge einen anguckt wie ein geschlagener Hund, wenn man flucht. Sonst, Herr Gudelius, ich könnte mir keinen besseren wünschen."

„Gut, gut, Mell; sollen wir ihn also behalten?"

„Aber gewiss, Herr Gudelius! Warum denn nicht?"

„Ich dachte, wenn er etwa anfängt zu bummeln. Gut also, wir behalten ihn. Die frommen Mucken treibe ich ihm schon aus mit der Zeit."

Verärgert und verdrießlich ging Gudelius im Geschäft umher. Er dachte an den Jungen, der so fromm tat, und wer weiß, was alles vormachte, und schließlich war der Vater ein Säufer und er selber nicht minder. Pah, zu ihm sollte der Junge nur kommen mit scheinheiligem Glauben; er sollte schon etwas zu hören bekommen! Ob es überhaupt Wahrheit war, was die Mutter gesagt hatte? Am Ende hätte sich der Junge selber – aber nein, so sah er nicht aus! Der Junge hatte etwas in den Augen, einen tiefen, klaren Glanz, der wohl nicht trügen konnte.

Gegen Feierabend ging Gudelius noch einmal zum Lagermeister und sagte: „Wenn der Fritz morgen kommt, soll er sich bei mir melden: ich will ihm eine Lektion geben.“

Unterdessen lag Fritz auf seinem Bett. Die Federkissen waren längst verkauft. Er hatte sich mit einer Wolldecke zugedeckt und starrte vor sich hin. Im entgegengesetzten Winkel der düsteren Mansarde hockte der elende Trinker, Fritzens Vater. Jetzt richtete er sich auf, wankte zwei Schritte vorwärts in die Stube und schluchzte plötzlich auf wie ein Kind. Mitten im Zimmer blieb er stehen, die Hände vors Gesicht geschlagen. Mit abgenutzten, halbzerrissenen Kleidern auf dem schlotternden Leibe stand er da, ein Bild unendlichen Jammers und Elends. Der Junge, dessen geschlagene Glieder schmerzten, den der Hunger quälte, dem der Durst die Kehle schier ausgetrocknet hatte, vermochte das jammervolle Bild des elenden Vaters nicht zu ertragen. Er wandte den Kopf zur Seite und weinte leise. Seine junge Seele schrie zu Gott, dem einzigen Freund und Ratgeber, den er hatte.

Jetzt fing der Vater an zu reden. „O, was bin ich für ein elender Mensch! O, was bin ich für ein Mensch! Ein Schwein ist besser – o, ein Schwein ist besser!“ Er wiederholte jeden Satz mit dem Ausdruck äußerster Verzweiflung. „Ich habe Hunger – alle hungern – Ich lasse meine Kinder hungern – meine Frau – ich bin – oh – !“ Ein dumpfes Aufheulen, wie von Dämonen gepeitscht stöhnte er: „Ich kann nicht! Gebt mir nie wieder Schnaps oder

Bier! Ich muss es sonst trinken – ich muss, wenn ich es rieche – lasst mich kein Geld sehen, nie wieder. Wenn ich Geld sehe, muss ich Schnaps haben – ich muss, ich muss – ich muss!“ Er schrie es heraus. „Es packt mich mit Fäusten, es ist entsetzlich – es ist unerträglich – o Fritz, mein Junge, sieh deinen Vater einmal an, nur ein einziges Mal!“

Da stand Fritz auf, so mühsam es ihm wurde, so weh ihm alle Glieder taten. Da legte er sanft und freundlich seinen Arm um des Vaters Schultern und streichelte das aufgebrachte Gesicht und liebkoste in zergehendem Mitleid die Hand, die ihn in ungerechtfertigter Wut misshandelt hatte. Eine lange Weile vermochte er vor Weh nichts zu sagen. Die Tränen brannten in seinen Augen und verhaltenes Weinen schloss ihm den Mund.

Der Mann war zusammengesunken und hockte auf dem Boden. Er versank in trostloses Grübeln über sein eigenes Elend. Jetzt, wo die Ernüchterung kam, wo der Hunger anfing zu nagen, sah er sich selbst in ganz anderem Licht. Erwachend aus dem Rausch sah er das Elend seines Daseins in erschütternder Nüchternheit und Klarheit.

„Vater“, fing Fritz nach langem Schweigen an, „dir kann kein Mensch mehr helfen. Wenn es keinen Alkohol gäbe auf der Welt, ja, dann, aber so bleibt dir immer und immer die Versuchung, und du kannst dich nicht freimachen davon.“

„Ach, Junge“, schluchzte der Mann wieder auf, „ich will ja nicht – nein, nein, ich will nicht – aber ich muss! Es ist entsetzlich – ich muss, ich muss!

O, wenn dieses fürchterliche Muss nicht wäre! Es ist, als ob ein Satan in mir säße, der mich immer wieder mit Geißeln zum Glas treibt. Ich bin nicht mehr mein eigener Herr – ich kann nicht, wie ich will! Ich will nicht trinken – ich muss!"

„Vater", sagte der Junge mit zitternder Stimme, „wenn ich es dir doch richtig sagen könnte. Jesus kann dich freimachen von diesem Satan. Jesus kann, wenn du nicht kannst. Jesus kann uns freimachen von der Sünde, frei, dass wir nie mehr Sünde tun brauchen! Nein, Vater, dann musst du nicht mehr, dann nicht, wenn Jesus dich freimacht!"

„Fritz, wie macht Jesus das denn?"

„Durch sein Sterben auf Golgatha; durch sein heiliges Blut."

Der Mann schüttelte den Kopf.

„Fritz, das ist nichts für Säufer – das – ach, Fritz, ich bin so elend – es ist zu schlimm mit mir – mir kann kein Jesus helfen. Ich weiß, dass ich muss und immer wieder muss – es wird nie wieder besser werden!" Und wieder fing das trostlose Heulen an.

„Vater, ach, Vater, wenn ich es dir doch recht deutlich sagen könnte! Es ist ja nicht schwer. Jesus will dir helfen, wenn du dir nur helfen lassen willst. Er will dich freimachen, wenn du dich willst befreien lassen."

Der Trinker schüttelte den Kopf immer wieder. Die Tränen rannen ihm durch die Finger. Er sah so trostlos und elend aus. Da betete Fritz heiß und inbrünstig um Kraft. „Vater, ich will dir jemanden holen, der dir besser sagen kann als ich, was Jesus vermag. Soll ich? Bleibe du solange hier. Ich weiß, er kommt bestimmt mit."

Der Vater nickte nur. Fritz aber, so schwer es ihm auch wurde, wankte mit vor Schmerz gekrümmtem Rücken, mit langsam schleichendem Schritt durch die Straßen, um seinen Sonntagsschullehrer zu holen.

Herr Braß war daheim. Als er seinen Schüler sah, packte ihn das Mitleid. Ehe er sich mit ihm auf den Weg machte, gab er ihm etwas zu essen. Die Wirtin brachte einen Teller warme Suppe, und gestärkt machte sich Fritz mit dem geliebten Lehrer auf den Heimweg.

Noch nie hatte Fritz sich darüber ausgesprochen, wie schlimm es bei ihm zu Hause aussah. Daher bereitete er den Lehrer ein wenig vor und erklärte ihm den Zustand des Vaters.

Herr Braß hatte ja mancherlei Armut gesehen, aber solch verkommenes Quartier, so eine stickige, dumpfe Luft war ihm doch kaum entgegengekommen. Einen Augenblick blieb er auf der Schwelle stehen, um den Ekel zu überwinden, der in ihm hochstieg. Aber ein unendliches Erbarmen legte ihm ein kurzes Gebet in die Lippen. Mit herzlicher Miene trat er zu dem Mann, der in der Ecke kauerte, und sagte: „Guten Tag, Herr Neumann, es freut mich, Sie begrüßen zu können als einen, den Gott sucht."

„Gott sucht mich nicht, und ich habe Gott auch nie gesucht, und Gott kann mir auch nicht helfen."

„Herr Neumann, können Sie schwimmen?"

„O ja“, sagte der Mann überrascht und sah verwundert auf.

„Wenn jetzt einer ins Wasser fiele, der nicht schwimmen kann, könnten Sie den retten?“

„Ei, das wohl, als junger Bursche habe ich mal einen Schuljungen rausgeholt!“ Er wurde richtig lebhaft. „Er hatte gebadet und sich zu weit ins Wasser gewagt. Als er keinen Grund mehr fühlte, schlug er um sich und arbeitete, sank aber schnell und schien verloren.“

„Sehen Sie, dem haben Sie das Leben gerettet! Sie konnten mehr als der Junge! Jetzt passen Sie mal gut auf! Wir Menschen müssen alle ertrinken in dem Meer der Sünden, wenn uns keiner rausholt. Da ist aber Einer, der in den Tod gegangen ist, um uns zu erretten. Wenn das Meer der Sünden auch übergroß ist, Jesus kann uns herausretten! Jesus will uns retten! Als Sie den Jungen aus dem Wasser holten, was haben Sie da getan und was hat der Junge getan?“

Einen Augenblick dachte der Mann nach und sagte dann: „Ich ließ ihn nach einer alten Regel erst ruhig sinken und wieder nach oben kommen. Als er ganz kraftlos schien und nicht mehr um sich schlug, schwamm ich zu ihm, packte ihn fest und hielt ihn über der Oberfläche des Wassers. Er klammerte sich an mich, als er wieder Atem holen konnte, und ich hielt ihn fest und brachte ihn ans Land.“

„Und was tat der Junge im Wasser?“

„O, er tat nichts mehr. Er konnte doch nichts machen. Er hielt nur meinen Arm, mit dem ich ihn so fest hielt. Wenn er etwas hätte tun wollen, hätte ich ihm nicht helfen können. Dann hätte ich ihn loslassen müssen und er wäre doch noch ertrunken. Aber er tat nichts mehr. Er fühlte, dass ich ihn hielt, und verließ sich natürlich darauf. Na, und das war sein Glück!“

„Sehen Sie, Herr Neumann, genauso geht es mit uns Menschen! Wenn wir ins Meer der Sünde geraten und schließlich keinen Grund mehr fühlen und merken, dass wir ertrinken müssen, dann wehren wir uns und lassen nichts unversucht, um wieder aus dem Wasser zu kommen. Dann machen wir es wie der Junge. Wir schlagen um uns und meinen, uns retten zu können, und merken doch, dass wir tiefer und tiefer sinken. Aber Jesus steht schon bereit und denkt: Erst muss er kraftlos werden, erst muss er merken, dass er nichts kann, erst muss er sich aufgeben und einsehen: ich muss ertrinken. Wenn dann der Mensch soweit ist, dann kommt Jesus herzu, fasst ihn fest und rettet ihn, der schon verloren schien, ja, der sich selbst für verloren hielt. Nicht wahr, Herr Neumann, so geht’s Ihnen auch? Sie haben keinen Glauben mehr an sich.“

„O, ich muss trinken, ich muss – ich will ja nicht – aber ich sinke, sinke immer und immer tiefer!“

„So, das ist recht gut, dass Sie das wissen! Jesus will Sie retten! Er steht schon da und will Sie fassen, nur dürfen Sie nicht um sich schlagen, aber das tun Sie schon nicht mehr. Sie müssen es wie der Junge machen, der Ihnen vertraute. Hat der wohl gedacht, als Sie sich ihm nahten: Ach, der kann mich auch nicht retten!? Nein, er hat an Sie geglaubt, er hat sich retten lassen! Machen Sie es ebenso! Glauben Sie an Jesus! Glauben Sie, dass Er Sie retten kann!“

Der Trinker hatte den Kopf gehoben. Er sah seinen Jungen an und den Sprecher und sagte langsam und deutlich: „Ich will es versuchen.“

„Wir haben ein Männerheim. Es ist jeden Abend gesellige Zusammenkunft. Kommen Sie einmal, dann ist der Abend kürzer. Fritz kann Ihnen den Weg zeigen. Ich bin heute Abend dort und erwarte Sie bestimmt. Leben Sie wohl und denken Sie an den Jungen, der war klüger als Sie. Halten Sie sich an Jesum, der Sie retten kann!“

Herr Braß ging. Fritz geleitete ihn die Treppe hinunter. Der Sonntagsschullehrer drückte ihm ein Fünfgroschenstück in die Hand und sagte: „Geh und hole euch ein Brot!“

Mit Tränen in den Augen dankte Fritz und vergaß auch dem nicht zu danken, der für Leib und Seele Speise hat.

Punkt 2 Uhr meldete sich Fritz Neumann tags darauf bei seinem Prinzipal[2]. Gudelius war gerade mit Haurisius am Verhandeln und ließ den Jungen eine Weile warten. Dann nahm er ihn mit ins Privatkontor, machte die Tür fest zu, setzte sich in den Schreibtischsessel und ließ Fritz vor sich treten.

---

2 Prinzipal – ein veralteter Ausdruck für Lehrmeister, Geschäftsinhaber, Vorgesetzter.

Mit bleichem Gesicht zwar, aber einem gewissen Glanz auf den mageren Zügen stand er da, und mit ernsten, klaren Augen sah er zu seinem Chef auf.

Gudelius fühlte sich unangenehm berührt durch diesen Blick. Er wurde als strenger Chef gefürchtet und sah bei derartigen Anlässen, wenn es unter vier

Augen galt, meist gesenkte Lider oder doch zumindest ängstlich fragende Blicke. Selbst Haurisius, der Prokurist, der sich schon bei seinem Vater langjährige Verdienste erworben hatte, hielt seinem drohenden Blick nicht lange stand. Dieser Junge aber sah ihn so frei an, so klar und so unschuldig, dass es ihm direkt unangenehm war. Deshalb steigerte sich sein Zorn und mit finster drohender Miene begann er das Verhör: „Wo warst du gestern?“

„Zu Hause, Herr Gudelius!“

„Hast du das Haus nicht verlassen?“

„Doch, zweimal, gegen Mittag und am Abend.“

Die Offenheit machte den Mann eine Weile fast unsicher. Dann dachte er, der Junge könnte annehmen, dass er gesehen worden sei, und sage deshalb die Wahrheit. Und er fragte weiter: „Wenn du doch ausgehen konntest, warum kamst du nicht zum Dienst?“

„Das Gehen wurde mir sehr schwer, Herr Gudelius, und es wäre mir kaum möglich gewesen, etwas zu arbeiten“, klang es leise und traurig, aber den Blick senkte der Junge nicht.

„Wodurch warst du denn auf einmal arbeitsunfähig?“ Die Zornesader schwoll ganz bedenklich.

Fritz schwieg.

„Rede!“, schrie der Chef den Jungen an und schlug mit der Faust auf die Schreibtischplatte.

Fritz seufzte tief. Seine Seele schrie: „O Gott, was soll ich sagen, ohne den Vater hier bloßzustellen?“ Dann sagte er leise: „Mein Vater hat mich geschlagen.“

Gudelius kräuselte die Lippen. „So schlägt doch kein Vater sein Kind ohne Grund! Weshalb schlug er dich denn?“

Fritz suchte nach Worten. Es sollte die Wahrheit sein, was er jetzt sagte. Aber er wollte doch auch nicht sagen, dass der Vater ein Trinker war. „Ich habe dem Vater den Gehorsam verweigert!" Stotternd kam es heraus, und nun schlug er die Augen nieder.

Gudelius wusste ja, warum Fritz geschlagen worden war; aber er wurde jetzt irre. Warum sagte denn der Junge nicht ganz einfach, wie die Dinge lagen? Die Mutter hatte gestern anscheinend gelogen, und dem frommen Jüngelchen wurde es schwer, das Lügengewebe auch weiterzuspinnen. Warum schlug er denn jetzt die Augen nieder? Es wollte ihm nicht in den Sinn, dass der Junge, nachdem er von dem trunkwütigen Vater halbtot geschlagen worden war, noch so für diesen Trunkenbold einstand und die Sache so hinzustellen versuchte, als ob er schuld sei durch seinen Ungehorsam. Dass der Junge nicht Rede stehen wollte, dass er nichts sagen wollte, das brachte ihn schier zum Rasen. Ja, wenn Fritz das Blaue vom Himmel gelogen hätte, wäre es ihm lieber gewesen, es hätte ihn nicht so aus der Fassung gebracht wie diese offene Verschwiegenheit.

Er packte den Jungen beim Arm und schüttelte ihn. Wütend herrschte er ihn an: „Junge, Mensch, rede jetzt und lüge nicht! Hast du das Geld durchgebracht oder sonst was? Ich will es wissen, hörst du? Sieh mich an! Glotz nicht so unschuldig, verlogener Bengel, sage die Wahrheit! Und lass kein Pünktchen weg und mach keins dazu! Ich will alles wissen, verstanden, eher kommst du nicht zu dieser Tür heraus!"

Gudelius hatte den Arm des Jungen wie in einem Schraubstock. Fritz achtete kaum auf all die hässlichen Zornesworte, er betete im Stillen. Das gab ihm Kraft und er sagte erst leise und langsam, ohne Pause, ohne Stocken, ohne ein Zittern in der Stimme: „Herr Gudelius, ich sage die Wahrheit!“ Sein offener Blick beschwor es schier. „Ich will Ihnen nichts verhehlen. Ich wollte meinem Vater den Lohn nicht geben, den ich heimbrachte. Da schlug er mich. Ich wusste, der Vater würde es für Schnaps ausgeben. Und die Mutter und die Geschwister hungern. So behielt ich das Geld. Da schlug er mich, dass ich ohnmächtig wurde, und dann hat er es in meiner Tasche gefunden. Am gleichen Abend hat er es vertrunken.“

Und nun hob sich des Knaben Stimme und seine Augen leuchteten auf. Er reckte die schmächtige Gestalt und fuhr fort: „Herr Gudelius, mein Vater ist aufgewacht aus dem Rausch, aufgewacht aus dem Sündenrausch und ist auf dem Weg zu Gott! Er wird nie wieder so wahnsinnig handeln! Jesus wird ihn freimachen, Herr Gudelius, und deshalb bin ich nicht mehr bedrückt, deshalb fühle ich nicht mehr die Flecken und Striemen! Jesus macht ihn frei, ich weiß es, Jesus macht meinen Vater frei!“

Längst hatte der hochgewachsene Mann den Arm des Jungen losgelassen. Er fühlte mit erschreckender Deutlichkeit, dass Fritz ihm die Wahrheit sagte, und er fühlte aus den letzten Worten ein wahres, tiefes Erleben. Aber er lachte nur kurz und hart auf.

„Allerdings ist es sehr nötig, dass er freigemacht wird, mein Junge“, sagte er spöttisch.

Aber Fritz fand den Mut, den nur Gott geben kann, einen Mut des Bekennens, aus seligster Glaubensfreudigkeit geboren. Er sagte schlicht, aber fest: „Wir sind alle Knechte der Sünde. Ob große oder kleine Sünder, wir sind alle Sünder und bleiben es, solange der Heiland uns nicht davon freimacht."

Gudelius hatte sich wieder in den Sessel geworfen. Mit einer abweisenden Gebärde bedeutete er dem Laufjungen, das Kontor[3] zu verlassen. Im Nebenkontor, wo neben dem Prokuristen der erste Buchhalter, der Kassierer und ein Tippfräulein arbeiteten, hatte man die wütende Stimme des Chefs wohl gehört, auch einige Worte verstanden. So war man höchst erstaunt, dass der Laufjunge ein so fröhliches Gesicht machte. Die meisten kamen leichenblass und mit verstörter Miene aus solch geheimer Audienz. Das „Sich-melden-im-Privatkontor" war allgemein gefürchtet. Und dieser Knabe lächelte! Trotzdem wagte keiner den Gestrengen drinnen zu stören. Erst nach ungefähr anderthalb Stunden kam er zum Vorschein, eine Havanna zwischen den Lippen, ein Zeichen, dass die Gewitterstimmung im Abflauen war.

Auch der Lagermeister Mell wunderte sich, dass nach so langer Sitzung beim „Alten", wie er mit Vorliebe sagte, der Fritz so munter dreinschaute. Fritz dankte seinem Gott, dass er die Scharte ausgewetzt[4] hatte, hatte auswetzen dürfen, jene

3 Büro

4 Redewendung Scharte auswetzen – einen Fehler wieder gutmachen

Feigheit, als Mell geflucht hatte und er dem Chef ausgewichen war.

Nach dem, was vorgefallen war, kam dem Herrn des Hauses Gudelius immer wieder die Lust dem Fritz, dieser frommen Fratze, wie er ihn in Gedanken nannte, hier und da eine Falle zu stellen. Er wollte dem Jungen eine Schwäche nachweisen und ihm das Wort zurückzahlen, dass alle Sünder seien und sich von Gott freimachen lassen müssten. Eigentlich fand er es unter seiner Würde, sich so weit mit dem Laufjungen, ausgerechnet mit dem Laufjungen, dem Untersten all seiner Angestellten, einzulassen. Aber es reizte ihn nun einmal, und er fand auch Gelegenheit, dem Jungen Schlingen zu legen.

Eines Tages kam Fritz, als der Chef ins Lager kam, auf diesen zu und fragte bescheiden, ob Herr Gudelius ihm wohl 50 Pfennig von seinem Lohn im Voraus geben wolle. Gudelius fragte, wozu er das Geld brauche.

„Mein Vater hat einen kleinen Posten bekommen, erhält aber nur wöchentlich Geld. Wir haben kein Brot und nichts mehr im Hause. Bis übermorgen ist sehr lange, wenn man hungern muss“, sagte Fritz.

Gudelius zuckte die Achseln. „Solche Privatangelegenheiten gehen mich nichts an. Ich kann es auch nicht ändern, wenn dein Vater alles Geld an einem Tag versäuft.“ Damit wandte er sich ab.

Fritz ging mit bedrückter Miene an seine Arbeit. Gudelius aber sah die großen, flehenden Augen vor sich und hörte die bettelnde Stimme, aber er wehrte sich innerlich mit aller Macht dagegen. Er verhärtete sich gegen die Stimme des Innern, dem Jungen zu helfen. Ja, er nahm es sogar als günstige Gelegenheit zu einer Versuchung. Er hatte eine kleine, ganz unbedeutende Besorgung, die Fritz erledigen sollte. Der Chef der Firma, wohin Fritz gehen sollte, war ein guter Geschäftsfreund, und das wollte er jetzt ausnutzen. Kaum hatte sich Fritz auf den Weg gemacht, als Gudelius an den Fernsprecher ging. Er sagte dem Geschäftsfreund, sein Laufjunge käme gleich, er solle den Brief öffnen und dem Knaben 50 Pfennig Trinkgeld geben. Und wenn er es nicht annehmen wolle, so solle er es ihm aufdrängen. Er wolle mal sehen, wie sich der Knabe verhielte.

Das Personal lächelte. Na, der Fritz würde schön reinfallen. Der arme Junge, er war so nett und gefällig! Der Chef hatte ihn scharf im Auge. Ob er etwas verbrochen hatte? Der freundliche Junge tat allen leid.

Eine halbe Stunde verging. Man hatte über der Arbeit das Telefongespräch schon beinahe vergessen, da klopfte es.

Fritz trat ein. Haurisius sah ihn forschend an. Die übrigen Angestellten wechselten bedeutungsvolle Blicke, dann beugte man sich auf die Arbeit nieder.

„Ist Herr Gudelius nicht hier?“, fragte Fritz.

„Du kannst mir auch die Gegenbestellung machen, Fritz“, meinte der Prokurist.

„Die Gegenbestellung, ja, Herr Haurisius, aber ich habe Herrn Gudelius persönlich etwas zu sagen“, wandte Fritz ein.

Haurisius lachte. „Du meinst es sehr wichtig!"

Da erschien der Chef in der Tür. „Na, Fritz, so schnell zurück?", fragte er beiläufig, ohne den Jungen recht anzusehen.

„Herr Gudelius, ich sollte Ihnen sagen, dass alles recht so wäre. Und dann – ja – und – ich habe Trinkgeld bekommen."

Gudelius, der an einen Schreibtisch getreten war, fuhr herum. „Was, Junge, Trinkgeld? Du sollst doch keins annehmen!"

„Ja, ich weiß es, und ich wollte es auch nicht annehmen; aber der Herr steckte es mir in die Rocktasche. Und ich wollte Sie bitten, ob ich es nicht behalten dürfte."

„Nein, das ist gegen mein Prinzip. Du gehst sofort und bringst es zurück und sagst, Herr Gudelius hätte gesagt, er bezahle seine Leute so, dass sie nicht auf Trinkgelder angewiesen seien, verstanden?"

Fritz nickte nur und trollte sich von dannen.

In Gudelius stieg nun doch das Mitleid auf. Dann kam ihm der Gedanke, dass es den Herren doch lächerlich erscheinen müsste, wenn der Junge jetzt wiederkam. So wollte er gerade an den Fernsprecher gehen, um die Sache gutzumachen und die Herren irgendwie aufklären, da hinderte ihn ein Ferngespräch, es sofort zu tun. Danach nahm ihn die Mitteilung am Fernsprecher so in Anspruch, dass er es solange vergaß, bis er von der anderen Seite angerufen wurde.

„Hier Gudelius!", rief er in den Apparat. Und von drüben klang es zurück: „Hören Sie mal, Gudelius,

Ihr Junge ist ein famoser Mensch! Kommt er doch wirklich und bringt die 50 Pfennig zurück! Ich sage zu ihm: Ich will dir was sagen, ich sage deinem Chef bestimmt nichts davon, behalte die 50 Pfennig. Wenn er fragt, ob du sie zurückgegeben hast, so sage nur ja. Dass ich sie nicht angenommen habe, brauchst du ja nicht zu sagen. Und wissen Sie was er macht? Er sagt nur: ‚Ich danke für Ihre Freundlichkeit, aber ich betrüge meinen Chef nicht', legt das Geldstück auf den Schreibtisch und rennt fort. Ich gratuliere Ihnen zu diesem Ausbund von Ehrlichkeit!"

Gudelius' Stirn zog sich in krause Falten. Er fühlte sich so tief beschämt. Er war direkt blamiert vor seinem Geschäftsfreund. Und wie sollte er dem Jungen jetzt, nachdem er ihn zweimal abgewiesen hatte, doch noch zu den 50 Pfennig verhelfen? Er ärgerte sich wütend über sich selber, suchte aber den Grund seines Zornes in Fritz. Warum musste der so dumm sein? Warum diese blödsinnig übertriebene Ehrlichkeit? Dem freundlichen Geber müsste diese Zurechtweisung durch einen vierzehnjährigen Laufjungen bestimmt sehr peinlich gewesen sein!

Dann kam Haurisius und bat den Chef, Vortrag halten zu dürfen. Und es ging den ganzen Tag so fort. Erst am Abend, als er oben, im Esszimmer an reichgedeckter Tafel mit seiner Familie saß, kam ihm urplötzlich und ungewollt in den Sinn, dass Fritz, sein Laufjunge, an diesem Abend kein Brot hat und hungrig zu Bett gehen muss. Da verging ihm plötzlich der Appetit. Er wurde den Gedanken nicht los. Er legte Messer und Gabel hin, trank einen Schluck Wein und erhob sich. Seine Frau aber dachte, dass er wohl Ärger im Geschäft habe. Doch fragte sie nicht, denn er sprach nach Schluss nicht gern von den Angelegenheiten des Geschäftsbetriebes.

Als Fritz auf dem Weg war, das Trinkgeld zurückzubringen, traf er kurz vor dem Ziel seinen geliebten Sonntagsschullehrer. Der merkte sofort an Fritz´ betretener Miene, dass da etwas nicht ganz im Lot war. Er fragte nach seinem Kummer und erfuhr auch alles. Herr Braß wies den betrübten Burschen auf den, der mit fünf Gerstenbroten und zwei Fischen Fünftausend speiste. Er ermahnte ihn, sich nicht auf Menschen zu verlassen und vor allem sich keine Unehrlichkeit zuschulden kommen zu lassen.

Mell fragte ihn, als er zurückkam, wo er solange geblieben wäre. Fritz erzählte, dass er zweimal für den Chef gegangen sei. Das kleine Zwischenspiel verschwieg er.

Nun geschah es, dass der erste Buchhalter im Vorderhaus mit Mell zusammentraf. Gleich gab er die Ehrlichkeit des Laufjungen zum Besten. Mell stutzte. Warum hatte ihm Fritz denn nicht erzählt, dass der „Alte“ so hartherzig war, wo der Junge doch um 50 Pfennig für Brot gebeten hatte. Der Junge sagte sicher die Wahrheit! Ins Lager zurückkehrend, sagte er zu Fritz: „Hier hast du 50 Pfennig. Kaufe deiner Mutter ein Brot, ihr könnt doch nicht hungern! Du brauchst es mir nicht wiederzugeben. Der ‚Alte‘ hat so seine Mucken, das musst du dir nicht zu Herzen nehmen.“

So hatte Fritz am Abend doch etwas zu essen. Es schmeckte ihm besser als seinem Chef.

Die Wohltätigkeit ist doch etwas Schönes! Das fand nicht nur Frau Hella Gudelius, das fanden auch alle Damen von Rang und Stand, die dem Komitee für freiwillige Armenpflege angehörten. An vielen Nachmittagen kamen sie zum Fünfuhrtee zusammen, gaben für die notleidenden Armen ihr Geld aus und erkauften sich damit ein freundliches Plauderstündchen.

Freilich, was eigentlich Armut war, das wussten diese Damen nicht, die in seidenen Kostümen hier zusammen saßen, über die Neuigkeiten ihrer Kreise plauderten und es wichtig fanden, die Stunden möglichst angenehm zu verbringen. Und das alles mit dem Deckmantel der Wohltätigkeit! Da stichelte man an Kissen und Deckchen, schmiedete Pläne, wann und wo der Basar stattfinden solle, welche Robe man wählen würde, und beriet, wer den Vorsitz für die nächsten zwei Jahre bekommen solle und dergleichen wichtige Dinge mehr.

„Meine liebe Frau Gudelius“, sagte die stellvertretende Vorsitzende, Frau Regierungsrat Hauser, „es ist ja offenes Geheimnis, dass beim hundertjährigen Bestehen der Firma Gudelius der glückliche Besitzer und Chef Kommerzienrat wird. Es ist in der letzten Vorstandssitzung Ihr Name wiederholt genannt worden. Unsere liebe Vorsitzende, die Frau von Eicken, tritt ja leider aus Gesundheitsgründen zurück. Man würde Sie sehr gern an ihrer Stelle sehen, Frau Gudelius!“

Frau Gudelius fühlte sich sehr geschmeichelt. Sie bemerkte, dass es der Frau Hauser doch viel eher zukäme, diesen Posten zu bekleiden, und derartige Höflichkeiten mehr; aber die Regierungsrätin bestand darauf, dass keine der Damen sich so trefflich eigne und die Wahl wohl auch allgemein auf Frau Gudelius fallen würde.

Die Wahl entschied, und Frau Hella nahm sie an. Sie arrangierte einen Basar in großzügigster Weise; die Damen kauften Kostüme, und man war tagelang ausgiebig mit den Fragen der Bekleidung und Ausstattung der Verkaufsstände beschäftigt. Es versprach ein glänzendes Fest zu werden, und es wurde alles aufgeboten, das Beste zu bieten.

Frau Gudelius selbst wählte einen „Kuchenstand“. Fruchteis und Torte sollte verabreicht werden. Sie war voll Begeisterung, und ihr Töchterchen legte, so gut es konnte, Hand an.

Und dann kam der Festtag. Es war strahlend schönes Wetter. Man unterhielt sich köstlich, lachte und freute sich der Stunde. Und das alles für die „Wohltätigkeit“, und das alles, um ein paar Armen „den Überschuss“ zukommen zu lassen!

Wie kam es, dass sich der Stadtmissionar Braß veranlasst fühlte, bei diesem Basar dabei zu sein? Er war von der Armenverwaltung mit der Verteilung der freiwilligen Spenden beauftragt worden und hatte von dem Fest erfahren, das er der Ärmsten Not lindern helfen sollte. Es gelüstete ihn, zu sehen, wie die Spenden einkamen. Er hatte sich bei den zahlreichen Gästen des Basars nach der den Vorsitz führenden Dame erkundigt und hatte sich nach der nötigen Auskunft, ohne den Namen recht zu verstehen, dem Zelt der Frau Gudelius zugewandt.

An den kleinen runden Tischen ging es gerade recht lebhaft zu. Herr Gudelius sollte „zum Wohl der Armen“ etwas verzehren; aber er beteuerte, dass ihn die Damen bereits schmählich ausgebeutet hätten. Einige Freunde, die mit ihren Frauen erschienen waren, drängten unablässig und sagten, dass sie gern ein paar Banknoten auslegen wollten.

„Bitte, gnädige Frau, was schulde ich?“, fragte der Drängende und legte einen Hundertmarkschein in die zierliche Hand.

Da bemerkte Frau Gudelius den Stadtmissionar.

„Bitte, mein Herr, da ist noch ein Platz frei“, sagte sie, lächelnd nach einem leeren Stuhl deutend.

„O danke, ich bin stiller Zuschauer.“ Mit leichter Verbeugung stellte er sich vor und fuhr fort: „Es interessiert mich zu sehen, was hier umgesetzt wird.“

„Das glaube ich! Das muss ein nettes Pöstchen sein, das Geld so zu verteilen nachher“, sagte einer der Umstehenden.

„Sehr verantwortungsvoll, mein Herr“, sagte Braß schlicht. „Es wird viel gesündigt auf diesem Gebiet.“

Gudelius nickte lachend: „Das glaube ich gern, die wirklich Armen kommen meist zu kurz.“

Gudelius hatte sich an einem der Tischchen niedergelassen und sein Töchterchen brachte ihm ein schmales Stückchen Torte.

„Bitte, Herr Braß, nehmen Sie Platz, ich werde wohl ausreichen mit meinen Banknoten! Magda, bringe noch ein Stück für diesen Herrn!“

Man kam ins Gespräch. Es wurde ziemlich lebhaft, und Frau Gudelius, während sie nebenbei einen Käufer bediente, warf ab und zu eine Bemerkung dazwischen. Ein paar Herren waren stehengeblieben und hörten stillschweigend zu. Sogar einige Damen wurden aufmerksam.

Gudelius hatte es nicht für nötig gehalten, sich vorzustellen, so wusste Herr Braß nicht, mit wem er sprach.

„Mein Herr“, sagte er lebhaft, „wissen Sie, wo heute am meisten Not ist? Bei der Jugend. Ich habe als Sonntagsschullehrer Einblicke in Verhältnisse, die geradezu haarsträubend sind. Man kann sich kaum noch wundern, wenn sich die Diebstähle Jugendlicher so erschreckend mehren. Sehen Sie, wenn der Vater trinkt, die Mutter nur spärlich verdient und so ein halbes Dutzend Kinder hungern müssen, da sollen die armen Menschenkinder nicht in Versuchung kommen, zu stehlen, wo es geht?“

Gudelius musste plötzlich an seinen Laufjungen denken. Er sah die großen, tiefgründigen Augen plötzlich vor sich und fühlte sich unangenehm berührt von diesem Gedanken. Er sah den Jungen und vergaß ganz, auf das Gespräch des Gegenübers einzugehen. Ein paar der Umstehenden wollten sich schon ein wenig gelangweilt entfernen, als Braß, sich halb umwendend, fortfuhr: „Ja, meine Damen und Herren, Sie wissen gar nicht, was das heißt, hungern zu müssen und dabei ehrlich zu bleiben. Dazu gehört eine höhere Kraft als die der menschlichen Moral. Ich will Ihnen ein Beispiel geben: Treffe ich da neulich in der Stadt einen meiner Sonntagsschüler, einen frischen Knaben mit klaren, offenen Augen. Er ging ganz langsam und geknickt, so dass er mich gar nicht sah. Er hat einen Laufjungenposten bei irgendeiner Firma. Ich rufe ihn und, als er aufschaut, füllen sich seine Augen mit Tränen. Ich frage ihn aus, und wissen Sie, was der Junge erzählt? Er hat seinen Chef um 50 Pfennig gebeten, weil sie kein Brot und nichts zu essen daheim hätten. 50 Pfennig Vorschuss. Der Chef verweigert ihm das Geld. Nun, dagegen will ich noch gar nichts sagen. Es geht den Chef ja schließlich nichts an, dass der Vater ein Trinker ist und die Familie im Elend sitzen lässt. Aber jetzt hören Sie weiter. Der Chef hat dem Jungen bei seinem Eintritt verboten, Trinkgelder anzunehmen. Nun muss der Junge gleich darauf eine Besorgung machen und er bekommt 50 Pfennig Trinkgeld. Obwohl er sie zurückweist, drängt man sie ihm auf. Als er zurückkam, sagte er seinem Chef, dass er 50 Pfennig Trinkgeld bekommen habe und fragte, ob er sie nicht behalten dürfe."

„Na, hören Sie mal", rief jetzt einer der Herren dazwischen, „Sie denken doch nicht etwa, dass wir das glauben sollen? So ehrlich wird er wohl doch nicht gewesen sein und zu dem Chef gesagt haben: Ich habe 50 Pfennig bekommen. Nein, das ist unwahrscheinlich, mein Herr!“

„Lassen Sie ihn doch erst fertig erzählen“, sagte Frau Gudelius.

„Es ist nicht mehr viel zu sagen, gnädige Frau“, fuhr Braß fort. „Der Chef sagt zu dem Jungen, er bezahle seine Leute so, dass sie nicht auf Trinkgelder angewiesen seien, und schickt ihn mit dem Geld zurück, obwohl er doch genau weiß, dass der Junge hungern muss ohne das Geld! Meine Herren, es ist nur gut, dass ein Gott im Himmel ist, der Barmherzigkeit kennt. Der Junge hat nicht zu hungern brauchen. Am nächsten Sonntag erzählt er mir, dass ihm der Herr das Geld dennoch habe schenken wollen mit der Bemerkung, er würde es dem Chef nicht sagen. Mit Tränen sagte mir der Junge: ‚Herr Braß, ich hätte es behalten, wenn ich Sie nicht getroffen hätte. Ich hätte sonst den Mut zum Beten und zum Überwinden nicht gefunden. Aber Gott hat mir geholfen, und nachher hat mir der Lagermeister 50 Pfennig gegeben. Er muss es wohl durch das Personal erfahren haben.‘“

„Unerhört!“, sagte Frau Regierungsrat Hauser. „Man müsste so einen Mann namhaft machen.“

Die Herren zuckten die Achseln. „Woher wissen Sie denn, dass der Junge die Wahrheit gesagt hat?“, fragte ein Zweifler.

„Nun, wer von den Herrschaften hier mit Angestellten zu tun hat, der weiß: man kennt seine Pappenheimer. Und ich weiß, Fritz Neumann lügt nicht.“

Gudelius stand auf. Mechanisch griff er in seine Rocktasche, legte eine Banknote auf den zierlichen Zahlteller und sagte: „Meine Herrschaften, wir wollen uns doch den Tag nicht mit solchen Dingen verderben. Solch ein Gespräch gehört gar nicht hierher."

„Warum nicht?", protestierte seine Frau. „Wenn man schon wohltun will, so muss man es da tun, wo es angebracht ist."

Man debattierte noch hin und her über das eben Gehörte. Gudelius aber ging zu einem Nebenstand und suchte zu vergessen, wie die Gesellschaft über sein Verhalten dem Laufburschen gegenüber urteilte.

Gut, dass keiner auch nur ahnte, dass er dieser Mann war, den man, wie die Regierungsrätin sagte, namhaft machen müsse!

Dumm, dass der Name Fritz Neumann gefallen war! Ob seiner Frau das nicht aufgefallen war? Er hatte schon ab und zu mal von Fritz gesprochen. Aber er ließ diese Bedenken bald fallen. Seine Frau kümmerte sich so gut wie gar nicht um die Angelegenheiten des Geschäftspersonals. Ihr wäre es viel lieber gewesen, wenn sie von dem ganzen Geschäft nichts gemerkt hätte. Immer wieder drängte sie ihren Mann, doch die Wohnung in der lärmenden Straße mit einem Haus im vornehmen Viertel zu vertauschen. Aber dazu ließ er sich nicht bewegen. Er wollte jederzeit das Geschäft unter Aufsicht haben und er schrieb das stete Emporkommen seines Hauses insbesondere seiner unermüdlichen Wachsamkeit und beständigen Kontrolle zu. Man würde „unten“ und „hinten“ und überall zu sicher sein, wenn der Chef nach Hause ging.

Trotz aller Ablenkung wurde Gudelius heute nicht recht froh. Er sah immer wieder die großen, bittenden Knabenaugen und hörte unablässig das Urteil: „Den Mann sollte man namhaft machen!“

An einem Stand stehend, dem „Kuchenhäuschen“ seiner Frau gegenüber, hörte er, dass man noch immer von dem Fall sprach. Die Damen schienen einig zu sein in dem Beschluss, den Mann namhaft zu machen. Da hörte er Braß sagen: „Nun, meine Damen, wenn ich den Herrn kennen würde. Bei der großen Zahl meiner Sonntagsschüler kann ich unmöglich wissen, wo sie beschäftigt sind. Ich müsste den Jungen also schon fragen. Wenn ich aber den Herrn nennen würde, was meinen Sie: Würde der Junge wohl noch eine einzige frohe Stunde haben? Ein Mann, der so ein kühler Geschäftsmann ist, bei dem der Mensch so vollkommen ausgeschaltet ist in Geschäftssachen, der wird den Jungen entweder fortjagen oder, wenn er das nicht will, ihn heranhehmen und straffhalten, dass solchem armen Jungen die Lust am Leben vergehen kann. Wenn wir hier abhelfen wollen, so können wir das nicht auf diese Weise tun. Wir wollen vielmehr zusehen, dass wir selbst es besser machen, und bei aller Würde, die wir unseren Angestellten gegenüber wahren müssen, doch Mensch bleiben.“

Die weiteren Ausführungen hörte Gudelius nicht mehr mit an. Er ging in den entgegengesetzten Teil des Parks und versuchte, das Gehörte nach Möglichkeit zu vergessen.

Während sich Herr Gudelius aus dem Gedanken herausarbeitete, suchte seine Frau sich immer tiefer da hineinzuarbeiten. Fritz Neumann? Wann und wo hatte sie diesen Namen schon gehört? Hieß ihres Mannes Laufbursche nicht Fritz? Schließlich war dieser Fritz identisch, aber nein, ihr Mann tat so etwas sicher nicht! Dann dachte sie wieder, dass der Stadtmissionar von klaren, offenen Augen gesprochen hatte. Und ihr Mann hatte schon manchmal gesagt: „Der Fritz hat so tiefe, klare Augen." Und Herr Braß sagte: „Fritz Neumann lügt nicht!" Und ihr Mann hatte manchmal gesagt: „Ich glaube, lügen kann der Fritz nicht." Der Entschluss stand fest in Frau Hella, sie wollte sich mal den Laufjungen besehen und den Dingen auf den Grund gehen.

Der Chef war auf Reisen, für ein paar Tage nur; aber deshalb war man doch „oben", „unten", „hinten" und „vorne" sehr auf dem Posten; denn Herr Gudelius sorgte dafür, dass für die Zeit seiner Abwesenheit genug zu tun war.

Frau Hella hatte ihren Entschluss bisher noch nicht in die Tat umgesetzt. Als aber ihr Mann abgereist war und sie oben im Wohnzimmer an einer Stickerei saß, kam ihr der Gedanke an Fritz Neumann und sie hielt die Zeit für angebracht und schellte nach dem Hausmädchen.

„Gehen Sie doch mal hinunter und bitten Sie Herrn Haurisius, mir mal den Laufjungen heraufzuschicken“, sagte sie zu der Eintretenden.

Bald stellte Fritz sich ein. Bescheiden blieb er an der Tür stehen und drehte verlegen die Mütze in der Hand.

„Wie heißt du?“, fragte die blonde junge Frau und wandte den Blick nicht von den hellen, blanken Augen des Burschen.

„Fritz Neumann, gnädige Frau!“ Das hatte ihm Haurisius gesagt, dass er sie so anreden solle.

Natürlich, ihre Annahme stimmte! Sie sah den Jungen an und musterte seinen Anzug. Er sah gar nicht so arg ärmlich aus.

„Hm“, sie verstand sich nicht gut aufs Ausfragen „sag mal, Fritz, neulich hat dir Herr Mell mal Geld geliehen, ja?“

Fritz erschrak sichtlich. „Gnädige Frau“, sagte er befangen, „ja, aber er hat es gar nicht wiedergenommen, und bitte sagen Sie ihm doch nichts deswegen!“

Hella lächelte und schüttelte den Kopf. „Mein Mann gab es dir nicht?“, fragte sie weiter.

Fritz schüttelte den Kopf. „Ach, gnädige Frau, es ist wohl gegen das Geschäftsprinzip. Und Herr Mell konnte es ja und tat es, ohne dass ich darum bat.“

„Wie viel war es denn?“

„50 Pfennig, gnädige Frau!“

„Ihr seid wohl sehr arm?“

Der Junge nickte und schlug die Augen nieder.

Frau Gudelius fühlte, dass sie hier nichts Rechtes zu sagen wusste. Das war äußerst peinlich. Da hob Fritz wieder den Blick und sagte: „Es wird bald besser werden. Vater hat wieder Arbeit.“

Eine andere Tür wurde aufgerissen. Stürmisch und ärgerlich trat Alfred ein und ging ohne den Jungen an der Tür zu beachten auf die Mutter zu.

„Ich kann das nicht rechnen! Pfui, die ewige Rechnerei! Ich werde kein Kaufmann, nie und nimmer!“

Unwillig kamen die Worte heraus und mit mürrischer Gebärde schlug Fred das Heft auf den Tisch.

„Fred, sei anständig! Gib mal dein Heft her!“ Die Mutter sah ein Weilchen nachdenklich ins Buch und sagte dann: „Ja, Junge, du musst auch aufpassen. Ich kann mich mit einer Zinsrechnung nicht befassen.“

„Zinsrechnung?“, wagte Fritz schüchtern zu bemerken. „O, das haben wir auch!“

„Kannst du das?“, fragte Alfred sogleich interessiert. Wenn ihm nur einer zu Hilfe kam, so war es ihm schon gleich, ob es der Prokurist oder der Laufbursche war.

„Lass einmal sehen!“, sagte Fritz und trat ein paar Schritte näher. Dann stellte sich heraus, dass Fritz es konnte, und nach einer Weile schickte Frau Hella den Laufjungen hinüber in das Zimmer ihres Sohnes, um ihm die Geheimnisse der Zinsrechnung eingehend zu erklären.

Wie Fritz das konnte! Alfred war angenehm überrascht von dieser Entdeckung. Aber er sagte es nicht sogleich, sondern überlegte, ob er wohl den Laufjungen ganz für sich gewinnen könne. Freilich, Latein konnte er nicht, und vom Französischen hatte er nur noch eine blasse Ahnung von seiner früheren Schulzeit her. In seiner Heimat hatte er die höhere Schule besucht, aber nur ein Jahr Sprachunterricht genossen. Seine Lernbegierde hatte ihn zwar getrieben, sich selbst in der Stadt aus den mitgebrachten Schulbüchern ein wenig fortzubilden. Als aber dem Vater das Schulgeld zu viel wurde und er auf die Volksschule musste, und als es dann daheim immer schlimmer geworden war, da hatte er die Abendstunden nur dazu benutzt seine Schulaufgaben zu machen. Mehr hatte er vor Müdigkeit nie tun können.

Jetzt war Fritz ganz in seinem Element. Er erläuterte dem durchaus nicht unbegabten, sondern nur denkfaulen Alfred klar und verständlich, wie er die Aufgabe lösen musste. Schon bald fiel es dem gleichaltrigen Jungen leicht, schnell die Rechnungen zu erledigen. So verabschiedete sich Fritz bescheiden.

Frau Gudelius sagte ihm, er brauche sich wegen der 50 Pfennig keinerlei Sorge zu machen, und steckte ihm ein kleines Päckchen zu. Als er es im Treppenhaus neugierig öffnete, fand er eine kleine Wurst darin. Dankbaren Herzens ging er an seine Arbeit, freudiger denn je. Seine schönen großen Augen glänzten, dass Mell seine Freude daran hatte.

Alfred Gudelius fand es äußerst angenehm, einen Kameraden bei den Aufgaben zu haben. Er war ein wenig träge und dachte nicht gern nach. Er malte und turnte mit Vorliebe, aber seinen Kopf mochte er nicht gern anstrengen.

Sein Vater hatte ihm eine Zeitlang Nachhilfestunden erteilen lassen, damit er nicht sitzenbleiben sollte. Aber es war so, dass sein Söhnchen dadurch nur noch denkfauler wurde und jede Anstrengung vermied. Als er Ostern doch sitzenblieb, nahm der Vater seinen Erstgeborenen gründlich vor. Er drohte, ihn aus dem Hause in ein Institut irgendwo in einer Kleinstadt zu bringen, und war ständig hinterher bei seinen Arbeiten. So erreichte er, dass Alfred immer mitkam und außer dem Rechnen als Mittelschüler galt.

Das war dem Vater, der durch und durch Kaufmann war, das Bitterste. Das war das, was ihm sozusagen das einzige Kreuz in seinem Dasein war, dass sein einziger Sohn kein Rechner war, dass er den Zug ins Kaufmännische nicht hatte.

Wenn sich Alfred nur etwas Mühe gegeben hätte, hätte er es vielleicht im Rechnen noch zu ganz ansehnlichen Leistungen bringen können. Aber er wollte nicht. Er war ein Feind der Rechenkunst. Der Fritz war ihm wie ein rettender Engel gekommen, und nach beendeter Arbeit ging er hinüber ins Wohnzimmer und begann den Fritz vor der Mutter maßlos zu loben. Was der Fritz für einen Kopf habe, und was der als Volksschüler könne! Und sogar ein paar Brocken Französisch könne er. Und so geschickt könne er alles erklären und so weiter, dass die Mutter lächeln musste.

Tags darauf stellte Alfred bei sich fest, dass die deutsche Grammatik sicher besser sitzen würde, wenn Fritz dabei wäre. Er fragte die Mutter, ob er nicht eben mal den Fritz für einen Augenblick raufholen dürfe. Die Mutter sagte ja, und bald saßen beide wieder beisammen und arbeiteten.

Das ging so vier Tage, dass Fritz ein bis zwei Stunden bei Alfred saß und ihm half. Nicht etwa, dass er Wort für Wort vorsagte, nein! Er erklärte alles ganz genau, anschaulich, verwendete Beispiele, so dass Alfred selbst Freude hatte, das Gehörte und Gelernte anzuwenden. Zudem wollte er doch auch dem Fritz zeigen, dass er nicht so sehr dumm sei.

Am fünften Tag erhielt Frau Hella zu ihrem Erstaunen eine Karte von ihrem Mann, auf der er seine Ankunft meldete. Er bat seine Frau, sie möchte doch den Laufjungen an die Bahn schicken, er solle das Gepäck tragen.

Das war etwas ganz Neues, dass ihr Mann schrieb, wann er kam. Freilich, das Personal sollte nichts davon wissen. Trotzdem fand sie es äußerst erstaunlich. Zur festgesetzten Zeit schickte sie Alfred hinunter, um Fritz zu rufen. Er kam und wunderte sich auch, dass er Herrn Gudelius abholen sollte.

Fritz musste, als der Zug einlief, an den einen Tag vor Monaten denken, als er hier gestanden und gewartet hatte, dass Gott ihm jemanden sende, dem er das Gepäck für ein paar Groschen tragen durfte.

Ein heißes, inniges Dankgefühl stieg in ihm auf. Wie vieles war seitdem besser geworden! Daheim sah alles so viel schöner aus! Der Vater hatte durch Herrn Braß Arbeit als Maurer bekommen und verdiente bei großem Fleiß so viel, dass Mutter, Geschwister und auch er auflebten. Und was das Beste war: Er war zu kindlich-frohem Glauben gekommen.

Fritz hatte nicht länger Zeit, über seine so sehr verbesserte Lage nachzudenken. Er sah seinen Chef kommen und trat herzu, ihm den Koffer abzunehmen.

Nach dem Gespräch auf dem Basar hatte Gudelius das dringende Bedürfnis, an seinem Laufjungen etwas gutzumachen. Als er so neben dem Jungen herschritt und ihn betrachtete, fiel ihm auf, dass er sehr gut aussah – nicht so wie früher.

„Sag mal, Fritz, dein Amt scheint dir gut zu bekommen, du siehst gut aus."

Mit frohen Augen sah Fritz den Chef an.

„Ja, Herr Gudelius, mir geht es jetzt so gut! Und ich bin gern bei Ihnen."

„Das freut mich!" Gudelius wollte noch etwas sagen. Er meinte sich entschuldigen zu müssen wegen jener leidigen 50 Pfennig. Aber er wusste nicht, wie er es anfangen sollte, und zudem wollte er doch seine Würde nicht verlieren.

„War viel Lauferei, Fritz?", fragte er nach einer Weile.

„Nein", entgegnete jener, „ich habe aber etwas Besonderes tun dürfen: Die gnädige Frau hat mich heraufgerufen, und ich habe dem Alfred bei seinen Arbeiten geholfen."

Gudelius runzelte die Stirn. Sein Junge lässt sich von dem Laufburschen die Schulaufgaben machen? Das war ja das Allerneuste!

„Da war es mal wieder höchste Zeit, dass ich kam, wie? Das gibt's natürlich nicht! Der Alfred mag seine Arbeiten selber machen, übrigens: Besuchst du nicht die Volksschule? Kannst du denn, was Alfred aufhat?"

Fritz nickte. „Es ist gar nicht so schwer. Alfred kann es auch. Ich glaube, in der Schule wird es nicht so deutlich erklärt, oder sie müssen so viel lernen, dass ihm das Einzelne schon mal durchgeht. Man wird ja auch durch die anderen abgelenkt. Wenn ich es Alfred einmal richtig gesagt habe, weiß er es sofort und kann es gleich."

Gudelius lächelte im Stillen. Wie der Fritz seinen Sohn in Schutz nahm! So kameradschaftlich! Er ist doch ein netter Junge, der Fritz! Und plötzlich fragte er: „Sag mal, Fritz, hast du jetzt immer genug zu essen?"

Erstaunt sah Fritz seinen Chef an. Er wurde ein wenig rot, dann sagte er schlicht: „Ja, Herr Gudelius, das haben wir jetzt alle, seitdem der Vater das Trinken lässt." Er machte eine kleine Pause und atmete tief. Schon winkte das Firmenschild über den Platz. Nun schnell noch sagen, was ihn so beglückte! Mit leuchtenden Augen sagte Fritz: „Herr Gudelius, der Heiland hat ihn freigemacht, wirklich, völlig! Wir beten noch viel für ihn, und er selbst nicht weniger; aber Gott weiß, dass es aufrichtig ist, und dem Aufrichtigen lässt Er es gelingen. O, Herr Gudelius, es ist die wunderbare Gnade, wenn Gott einen Menschen freimacht von seinen Sünden! Das weiß ich von mir selbst."

Gudelius lächelte. Er war gut gelaunt, sonst wäre er wohl zornig oder jedenfalls unwillig geworden über dies Gespräch. So fragte er jetzt nur: „Sag mal, wie ist das damals geworden mit den 50 Pfennig Trinkgeld?"

Fritz wurde ernst. „Ach, Herr Gudelius, ich traf gerade meinen Sonntagsschullehrer, und der ermahnte mich, auf Gott zu blicken und ehrlich zu bleiben. Ach, ich hätte die 50 Pfennig sonst doch behalten. Der Herr bot sie mir noch einmal an, so sehr freundlich; aber ich bin schnell weggerannt, sonst hätte ich nicht widerstehen können. Da hat mir der Heiland auch geholfen."

„Ausbund von Ehrlichkeit", dachte Gudelius, und seinen Schritt kurz vor dem Eingang verzögernd, fragte er: „Woher habt ihr denn Brot bekommen?"

„Herr Mell –"

Gudelius winkte ab und nickte. „Ich weiß es, Fritz, und nun Schluss davon. Ich vergaß es später im Stress der Geschäfte. Hier, tu das in deine Sparbüchse! Und nun geh zu Herrn Mell und sage ihm, er solle fünfhundert Bogen Bütten versandfertig machen."

Ohne auf des Jungen stammelnden Dank zu achten, ging er durch den Laden ins Geschäft, während Fritz durch den Seiteneingang zum Lager eilte.

Der Sommer war trocken und heiß. Wenn Fritz oben war und mit Alfred lernte er durfte jetzt seine Schulaufgaben auch oben machen – zogen sie immer die Jacken aus. Frau Gudelius brachte ihnen Zitronenwasser und machte kaum einen Unterschied zwischen den beiden. Alfred, der einen Monat älter war als Fritz, hätte ihn gern auch neben sich auf der Schulbank gehabt, aber das ging nun einmal nicht. Herr Gudelius, der anfangs immer bemüht war, eine Schranke aufrechtzuhalten, gab dies auf, als er merkte, dass Fritz selbst diese Schranke wahrte und nie dreist wurde. Er störte sich nicht mehr an des Jungen Frömmigkeit, denn er fand sie sehr praktisch. Er sah nur zu, dass Alfred nicht angesteckt wurde. Er hatte Fritz eingeprägt, dass er nur zum Arbeiten hinaufkäme und nicht zum müßigen Schwatzen, und machte es ihm zum höchsten Gebot, sobald die Lektion beendet sei, wieder seinen Posten als Laufjunge anzutreten. Fritz tat das sehr gewissenhaft.

Innerlich und äußerlich erstarkte Fritz immer mehr durch die veränderten Verhältnisse. Nach Lagerschluss eilte er zu Vaters Arbeitsstelle, traf ihn meistens auf halbem Wege und ging mit ihm heim. Nach dem Abendessen begleitete er ihn zum Männerheim, wo er ihn am späten Abend dann abholte. Er machte es sich zur wichtigen Pflicht, den Vater stets zu begleiten.

Dann kam ein Tag, ein heißer Sommersonntag, an dem Fritz erleben musste, dass auch er nicht so fest stand, wie er glaubte.

Die Sonntagsschule hielt ihr Sommerfest in dem Gartenlokal der Vorstadt ab. Die größeren Jungen kamen schon am frühen Nachmittag, um ihrem Lehrer bei den Festvorbereitungen behilflich zu sein.

Fritz' Eltern hatten für diesen Nachmittag nichts anderes vor, deshalb begleiteten sie ihre Kinder zu dem Festplatz und freuten sich an der Lebenslust der Jugend.

Als einer der älteren Jungen, ging Fritz schon gleich nach Tisch hinaus, um Hand anzulegen. Er legte der Mutter ans Herz, den Vater nicht allein gehen zu lassen, es sei so heiß und der Durst …

Die Mutter versprach Fritz, gegen 4 Uhr auf dem Festplatz zu erscheinen. Die Geschwister Paul und Käthe würden schon eher kommen. So ging Fritz. Frau Neumann brachte indessen die Küche in Ordnung. Käthe zog das weiße Kleid an und Paul den leinenen Sommeranzug, den Frau Neumann aus einem Arbeitsanzug ihres Mannes geschickt zusammengestückt hatte. Dann liefen sie vergnügt davon.

Während die Mutter vor dem Spiegel ihr Haar in Ordnung brachte, bürstete ihr Mann noch einmal über den Anzug, griff zum Hut und sagte: „Ich gehe schon vor. Du brauchst kein Geld mitzunehmen, ich habe es in der Tasche. Es ist noch früh, wir könnten zu Fuß gehen."

„Ich bin bald soweit", sagte die Frau und steckte den Zopf hoch.

„Na, ich gehe schon! Mach nicht so lange. Ich gehe die Markenstraße gerade hinunter." Damit zog er die Tür ins Schloss.

Die Geschwister fanden Fritz schnell unter der frohen Schar. Fritz' erste Frage war aber, wo die Eltern seien. Er blieb noch fröhlich und lachte mit den anderen, bis er die Menge der Teilnehmer sich mehren sah, ohne dass seine Eltern darunter gewesen wären. Eine leise Unruhe ließ ihn wiederholt zum Eingang eilen und die Straße hinuntersehen, immer ohne Erfolg. Es war bereits kurz vor 4 Uhr; die letzte Viertelstunde hatte er ununterbrochen am Eingang zugebracht, aber seine Eltern kamen nicht. Es war so heiß, so sehr heiß. Er hatte Durst, und dabei stieg in ihm eine Angst auf, eine furchtbare Angst, dass dem Vater etwas zugestoßen sein könnte.

Und dann sah er seine Mutter kommen. Mit gleichmäßig raschem Schritt kam sie daher; allein. Einen Herzschlag lang war es Fritz, als ob er die Besinnung verliere; dann aber, von furchtbarer Angst gepeitscht, lief er der Mutter entgegen.

„Wo ist der Vater?"

„Er ist doch schon da! Ich bin an der Tür aufgehalten worden und habe mich etwas verspätet."

„Vater ist nicht hier! Hast du ihn allein gehen lassen?"

„Ja, er wollte nicht warten. Wir wollten laufen, und ich hätte Vater auch erreicht, wenn Frau Stein mich nicht an der Tür zu ihrer kranken Tochter zurückgerufen hätte.

„Hat der Vater denn Geld bei sich?"

„Ja, ich habe keinen Pfennig bei mir. Sonst wäre ich ja gefahren, als ich den Vater nicht sah."

„Mutter!", schrie Fritz auf. Eine bange Ahnung wurde ihm zu furchtbarer Gewissheit. Er machte kehrt und rannte, rannte in fliegender Hast, getrieben von wahnsinniger Angst um den Vater die Straßen hinunter. Er kümmerte sich nicht um die festlich geschmückte Menge. Er sah nicht die Menschen, die ihm lachend nachschauten. Er lief und lief, so schnell ihn die Füße trugen, den kürzesten Weg ins Stadtinnere, dahin, wo er seinen Vater vermutete.

Herr Neumann war langsam die Straße hinuntergegangen. Drückend heiß war es. Die Häuser strahlten förmlich die Hitze wider. Ab und zu wehte ein Windstoß den Staub der Straßen den Fußgängern ins Gesicht.

„Wir werden doch lieber fahren“, dachte Neumann und sah sich nach seiner Frau um. Da sah er ein bekanntes Gesicht.

„Tag, Neumann, lange nicht gesehen! Kommst du mit in den Keller?“

Neumann schüttelte den Kopf. „Habe was anderes vor.“

„So, hm, ich weiß schon, wir sind dir nicht mehr gut genug! Und wie ich gehört habe, sollst du unter die Frommen gegangen sein! Neumann, du bist doch kein Kerl!“

Neumann schwieg.

Da fuhr der andere fort zu reden: „Ich gehe einen trinken, bei so einer Hitze! Du hast es eben schlimm getrieben! Und vertragen kannst du nichts! Es ist ja auch besser, du gehst nicht mit! Du kannst nicht Maß halten! Du bist kein Mann! Jetzt rennst du in fromme Gesellschaft und weißt auch da kein Maß zu halten, weder mit dem Frommsein, noch mit dem Saufen. Neumann, du bist kein Kerl! Wärst du einer, so würdest du jetzt sagen: ‚Topp, ich gehe mit und trinke ein Glas oder zwei, und dann ist Schluss!‘ Da könnte ich schon was von dir halten, wenn du so sagtest.“

Noch immer schwieg der Mann. Er sah sich um, aber seine Frau kam nicht. Er überlegte: „Wenn ich zwei Gläser trinke, dann geht es nachher besser. Es kostet ja auch nicht so viel. Geleistet habe ich mir lange nichts. Gegen ein, zwei Gläser hat auch kein Mensch etwas. Nur Schluss muss man dann machen können." Er wollte beweisen, dass er Schluss machen konnte, wenn er nur wollte!

„Trottel, der du bist, geh beten und bleib feige! Haha, haha! Traut sich nicht an ein Glas, weil er weiß, er versäuft sich drin!"

„Ich gehe mit!", sagte Neumann, einen Blick zurückwerfend. Seine Frau kam immer noch nicht. Sie hätte schon fertig sein können.

Dann saßen sie in dem kühlen, schattigen Bierkeller. Erst zu zweit. Dann kamen alte Bekannte, einer nach dem anderen. Und sie freuten sich, Neumann zu sehen. Erst war ihm unbehaglich zumute. Nach dem dritten Glas wollte er aufbrechen, aber einer aus der Runde gab allen ein Glas aus und ließ einen derben Schnaps reichen.

Da kam Neumann in Stimmung.

5 Uhr war bereits vorüber, als Fritz das Stammlokal des Vaters erreichte. Triefend vor Schweiß blieb er einen Augenblick im Vorraum stehen, um sich nach der blendenden Helligkeit draußen an das Dämmerlicht der Wirtsstube zu gewöhnen. Wüstes Grölen tönte ihm entgegen. Einzelne Stimmen konnte er nicht unterscheiden, und so trat er jetzt ein, um nach dem Vater zu sehen. Nahe bei der Tür saß er. Irr war sein Blick, er tastete nach dem Glas auf dem Tisch und schrie gerade mit heiserer Stimme: „Oho, ich kann noch mehr als eins vertragen, nüchtern, noch ganz nüchtern" und erhob das Glas.

Fritz packte der Ekel. Der Raum war erfüllt von Tabaksqualm und Biergeruch. Aufdringlich stieg der Branntweingeruch aus halbgeleerten Gläsern auf – sie opferten Satan.

Neumann hatte seinen Sohn ebenso wenig gesehen wie die übrigen. Er wollte gerade das Glas zum Mund führen, als ihm der Junge in die Arme fiel. Mit seinen großen, tiefen Augen sah Fritz den Vater wehmütig und flehend an und sagte: „Komm, Vater, es ist genug! Komm!"

Starren Blickes sah der Mann seinen Sohn an. Er wollte ihn zur Seite schleudern, wollte ihn strafen, hinausprügeln; aber er vermochte es nicht. Wie gelähmt sank ihm der erhobene Arm herab. Er fiel zurück und ließ den Kopf auf die Lehne des Stuhles sinken.

Fritz wandte sich blitzgeschwind zu dem Schenktisch, tauchte sein Taschentuch in ein Becken frischen Wassers und fragte: „Was ist mein Vater schuldig?" Dabei legte er das nasse Tuch auf seines Vaters Stirn.

Verblüfft sah die Runde dem Jungen zu; aber er wandte sich nicht an dieselbe, sondern suchte in des Vaters Taschen nach der Geldbörse und bezahlte die Zeche. Es blieben nur ein paar Pfennige in der Börse.

Der Betrunkene ließ alles willenlos mit sich geschehen. Sein Sohn griff ihm unter die Arme und zog ihn in die Höhe. „Komm, Vater!", sagte er nur und führte den Wankenden hinaus.

Nun den schnellsten Weg nach Hause, egal, ob es über den Festplatz an der Kirche vorbeiging, nur schnell heim. Was kümmerten Fritz Neumann die Menschen der belebten Straßen! Jetzt konnte er keinen Umweg durch stille Straßen machen.

„Nüchtern – Fritz, ehrlich – so ’ne Hitze – kaltes Bier – und ein bissel Schnaps – es schadet nichts – die Hitze – Fritz, ganz nüchtern!“, lallte der Betrunkene.

Da, zehn Schritte vor den beiden tauchte aus dem Grün der Anlagen Alfred Gudelius und seine Schwester Magda auf. Einen Moment lang erschrak Fritz. Dann war sein Chef sicher in der Nähe. Aber ausweichen? Feige sein? Nein, das wollte er nicht! Das war nicht seine Art.

Und nun sah Alfred ihn. Sprachloses Erstaunen spiegelte sich auf dessen Gesicht, bis sich sein Erstaunen in verächtlichem Spott löste: „Du – Fritz! Dein Vater ein Säufer! Oho – das werd ich Vater sagen! Dein Vater – und du trottest mit dem durch die Stadt – bist wohl selber betrunken! Oho – einen betrunkenen Vater –!“

Weiter kam der Spötter nicht. Fritz hatte den Vater auf eine der Bänke gleiten lassen und stürzte sich jetzt mit einer Gebärde maßloser Wut auf Alfred, der ein gutes Teil größer und stärker war. Der plötzliche Angriff überraschte ihn jedoch so sehr, dass Fritz von vornherein im Vorteil war und nun entwickelte sich zwischen den beiden eine regelrechte Schlägerei. Fritz, schäumend vor Wut, schlug in wahnsinniger Erregung unaufhörlich auf den Gegner ein, ohne auf die Zurufe der Vorbeigehenden und Stehenbleibenden zu achten und ohne zu bemerken, dass Herr Gudelius in kurzer Entfernung Zeuge des Schauspiels war.

„Du – du –“, knirschte er zwischen den Zähnen, „meinen Vater zu höhnen! – Du – du –.“ Er fand gar kein Wort vor bebender Erregung. Erst da kam er zur Besinnung, als Alfred Gudelius das Blut aus Mund und Nase quoll. Da hielt er inne und stöhnte auf.

Ein Schutzmann hatte sich der Bank genähert, auf der sein Vater noch immer wie erstarrt hockte. Er wollte ihn gerade fassen, als Fritz herzutrat: „Lassen Sie den Mann! Er ist mein Vater. Ich bringe ihn nach Hause.“

„Und du, Bengel! Meinst du, dich ließe ich laufen, wo du den Jungen da blutig geschlagen hast?“ Er packte Fritz am Arm.

„Er hat meinen Vater verspottet!“

Da griff Gudelius ein: „Lassen Sie den Flegel laufen, Wachtmeister, mitsamt dem betrunkenen Vater.“

Fritz fuhr herum und sah sich seinem Chef gegenüber. Der aber nahm den Arm seiner Frau, fasste Magdas Hand und sagte: „Komm, Alfred.“

Ohne Fritz eines Blickes zu würdigen, schritt er an ihm vorbei.

„Du wirst ihn um Verzeihung bitten, verstanden?“

Alfred senkte den Kopf. O Schmach, blutig geprügelt und dann noch um Verzeihung bitten.

„Du wirst ihn um Verzeihung bitten! Ich soll ihn mir schon rankriegen, den Lümmel. Aber du hast nichts anderes zu tun, als ihn um Verzeihung zu bitten!“

Alfred schwieg. Was der Vater wollte, setzte er durch, das wusste er. Aber das war zuviel. Nein!

„Vater, wir sind ja quitt. Ich habe seinen Vater verspottet, und er hat mich dafür blutig geschlagen. Also–“

„Du wirst ihn um Verzeihung bitten! Damit basta! Und wenn dir das nicht passt, dann verprügele ich dich vor dem Jungen und du kannst ihn dann um Verzeihung bitten! Morgen Nachmittag um drei ist das erledigt – oder …“

Gudelius ging in sein Arbeitszimmer und machte die Tür hinter sich fest zu. Er war übel gelaunt. Solche Sachen waren ihm widerlich. Wenn er es hätte einrichten können, dass Fritz ihn nicht bemerkte, hätte er getan, als wisse er von nichts. Jetzt konnte er aber diese Frechheit nicht ungestraft oder ungerügt lassen. Es fiel ihm ein, dass Fritz gesagt hatte, sein Vater sei frei geworden. Hm, das war ein netter Anknüpfungspunkt. Und dann fiel ihm ein, dass er, der strenge Chef – er, Gudelius, dann und wann auch betrunken heimkam aus dem Korso oder dem Burgkeller. Freilich, dann brachte ihn ein Auto heim, und keiner merkte etwas außer Hella. Ob sein Sohn wohl so für ihn einstehen würde? Ob sein Sohn wohl noch Liebe zu seinem Vater hätte? Ob er wohl noch gehorchen würde aus Liebe und Zuneigung oder nur aus Furcht? Gudelius ließ diese Frage offen. Er sah die zornfunkelnden Augen seines Laufjungen und hörte ihn sagen: „Er hat meinen Vater verspottet!“

Ob Jesus, ob Gott solche Prügelei anerkannte? „Liebt eure Feinde!“ Das stand doch in der Bibel. Er ging in den Salon, wo seine Frau saß, und fragte sie, ob das nicht in der Bibel stände: „Liebt eure Feinde.“

Frau Hella bejahte. Sie holte aus dem Bücherschrank die Bibel, die dort geruhsam im Lederband und in Goldschnitt müßig prangte, und suchte nach dem Wort. Sie fanden es beide nicht.

Am anderen Morgen, als Alfred zur Schule hetzen wollte, trat ihm im Treppenhaus Fritz Neumann entgegen.

Im selben Augenblick kam der Chef des Hauses die Treppe herunter, und als er auf der unteren Treppe Stimmen hörte, beugte er sich leise über das Geländer, um zu sehen, was da sei. So wurde er Zeuge des Zwiegesprächs.

„Alfred – lieber Alfred – verzeih mir – verzeih mir meinen maßlosen Zorn –.“ Das war Fritz.

„Du – Fritz, ich sollte – dich –“

„Alfred, sag, dass du mir verzeihst! Ach, man soll die Sonne nicht untergehen lassen über seinen Zorn! O Alfred, ich konnte gestern Abend nicht mehr kommen. Ich durfte den Vater nicht allein lassen. Darum komme ich jetzt und bitte dich, verzeih mir.“

„Ach, Fritz, ich hab dich ja gereizt. Und nun ist es gut.“

„Ja, wenn du mir vergibst. Dein Vater wird mich nie mehr dulden in seinem Haus. Und darin tut er recht. Deshalb komme ich heute Morgen gleich, damit zwischen uns nichts steht, wenn mir hier der Zutritt versagt wird. Alfred, du hast mir wehgetan, ja; aber ich tat ein größeres Unrecht, als ich mich vergaß und den Sohn meiner Wohltäter schlug."

„Du bist aber einfältig, Fritz! Solche Prügelei verbrüdert! Und mein Vater schmeißt dich nicht raus. Dafür mag er dich zu gern! Ja, Fritz, und – und ich soll dich um – Verzeihung bitten."

„Du – mich – Alfred?! Warum denn, und wer sagt das?"

„Mein Vater, weil ich dich gekränkt und deinen Vater beleidigt habe."

„Alfred", Fritzens Stimme wurde ganz weich, „wenn du gewusst hättest, wie weh mir ohnehin das Herz war, du hättest nicht mit deinem Spott noch dreingeschlagen."

„Fritz, guter, lieber Fritz!"

„Alfred!"

Sie lagen sich tatsächlich in den Armen. Gudelius lächelte. Hm, das ging doch nicht, dass sein Sohn mit seinem Laufburschen Freundschaft schloss!

„Nun sind wir Freunde, Fritz, und wir wollen treue Freundschaft halten."

Die Jungen gingen hinunter und ihre Worte verhallten.

Beim Mittagessen vermied Gudelius sorgsam, das Gespräch auf Fritz zu bringen. Er war am Morgen einmal oben gewesen und hatte seiner Frau Bericht erstattet. Sie hatte sich gefreut, so wie er selbst sich gefreut hatte.

Wenige Minuten nach 2 Uhr, als er ins Büro trat, fand er Fritz schon vor, den er durch Mell heraufbeordert hatte. „Komm!“, sagte er kurz und schloss das Privatkontor auf. Dann verschwanden beide und das Personal wechselte verständnisvolle Blicke. Er setzte sich und ließ den Jungen vor sich stehen. Was er gestern zu sagen gedacht hatte, wurde jetzt ungültig durch das Gespräch am Morgen. „Sag mal, Fritz“, hob er an, und er sprach es milde, trotz aller Bemühung, streng zu sein, „was meint dein Gott oder Jesus wohl zu einer solchen Prügelei?“

Fritz hatte sich den ganzen Rest des Sonntags viel zu eingehend mit gerade dieser Frage beschäftigt, als dass er nicht eine treffliche Antwort darauf gewusst hätte, die Gott ihm in den Sinn und in den Mund legte. „Er sagt: ‚Des Menschen Zorn tut nicht, was vor Gott recht ist.‘“

Gudelius war verblüfft. „Hm“, machte er. „Wenn du das doch weißt, warum tatst du es dennoch?“

„Ich vergaß zu beten. Wenn ich gleich gebetet hätte, als ich Alfred sah, so hätte ich auch mit Gottes Kraft den Spott ertragen können.“

„Hm, sehr schön, sehr schön. Der Beweis fehlt nur. Wie ist das denn mit deinem Vater? Der war doch ‚frei‘, oder wie drücktest du das aus?“

„Herr Gudelius“, sagte er, und seine Augen glänzten, „als meine Schwester gerade laufen konnte, trug ich sie noch immer, wenn der Weg holperig war. Manchmal wollte sie aber durchaus laufen und dann fiel sie hin. So geht es uns Menschen, wenn wir uns nicht von dem Heiland über die Unebenheiten im Leben wollen tragen lassen. Wenn wir denken: Ich schaff es schon, ich werd schon fertig damit, dann fallen wir. So fiel mein Vater, als er dachte, er könnte aufhören beim zweiten Glas. So fiel ich, als ich dachte, ich werd schon fertig mit dem Alfred."

Gudelius lächelte. „Geh, Fritz." sagte er milde, „du bist ein Schwärmer."

Die Sommerferien, die am Ende der Woche anfingen, trennten die beiden Jungen. Aber beide gingen mit dem Gelübde, einander treu zu bleiben, auseinander.

Jeden zweiten Tag schrieb Alfred einen Kartengruß an Fritz. Herr Gudelius, der seine Familie nur zur Ostsee begleitet hatte und nach wenigen Tagen ins Geschäft zurückkehrte, sah sich das eine Weile mit an und dachte, was wohl am besten zu tun sei. Fritz kam jetzt den ganzen Tag, da er frei hatte, und so ließ Gudelius ihn einmal hinauf in die Wohnung kommen.

„Fritz, hast du schon mal überlegt, was du werden möchtest?", fragte er, nachdem er ihm einen Stuhl angeboten hatte.

„O", sagte Fritz überrascht, „wenn ich schon zu wählen hätte, ich möchte – Kaufmann werden."

„Schau, das ist was Rechtes! Wie kommst du denn gerade darauf?"

„Mein Sonntagsschullehrer sagte einmal, als Missionar wäre es schon leicht, Gott zu dienen, oder als Diakon oder Pastor. Aber so mitten im praktischen Leben stehend, als Angestellter, Verkäufer, Mahler,

Schlosser, Schornsteinfeger oder sonst einem praktischen Beruf, da Gottesdienst zu tun in der Arbeit, dazu gehöre ein viel größeres Maß von Kraft als zu den geistlichen Berufen. Und deshalb möchte ich Kaufmann werden. Ich finde, ein Kaufmann kann, wenn er tüchtig ist, soviel Gutes tun."

„Nicht wahr, Fritz, wenn er dann etwas Besonderes getan hat, bekommt er noch den Titel ‚Kommerzienrat' obendrein", lächelte der Chef.

„Och", sagte der Junge verächtlich, „so ein gekaufter Titel, das ist auch was! Was hat man denn davon, wenn man den Titel hat? Und das Geld, das dafür gegeben wird, kommt meist den wirklich Armen nicht zugute. Die Menschen, die wirklich Gutes tun am richtigen Ort, die kriegen, meine ich, von der Welt nie einen Titel. Und wenn ein Kommerzienrat stirbt, gilt er vor Gott nicht mehr als ein Straßenkehrer. Oder was meinen Sie?"

Gudelius war sehr ernst geworden. Wie wahr doch des Jungen Worte waren! „Gewiss, Fritz, du hast recht! Woher hast du denn diese Weisheit?"

„Das steht alles in der Bibel."

„Du haltst mich wohl für sehr gottlos?"

„O nein; Sie wollen sicherlich nur das Gute. Sie tun soviel an mir! Ich kann Ihnen für das alles nicht genug danken; aber ich bitte Gott, dass er es tut. Ja, Herr Gudelius, ich bete für Sie!"

Eigenartig berührte es den Mann, wie da der kaum vierzehnjährige Junge zu ihm sagte, dass er für ihn bete. Brauchte er wohl das Gebet? Wie rührend einfältig er doch war, und wie treuherzig sein Auge strahlte! Was ist er doch für ein prächtiger Mensch! dachte Gudelius, trotz all der frommen Reden.

„Du hast ein dankbares Herz, mein Junge. Nun hör, was ich plane. Der Alfred lernt so gern mit dir. Ich denke, wenn du recht fleißig bist, dann kannst du wohl Ostern oder nächsten Herbst Alfred eingeholt haben. Bis dahin lasse ich dich in eine Privatschule gehen und dann kommst du auf die Realschule. Du kannst deinem Vater mal den Vorschlag von mir mitteilen. Wenn du das Einjährige hast, kommst du zu mir in die Lehre. Ich glaube, du gibst mal einen tüchtigen Kaufmann ab. So, und nun keine Dankeserklärung; die kannst du dir sparen. Sei fleißig! Meinetwegen kannst du ja für mich beten. Ach ja, den Laufjungenposten kündige ich dir. Bis ich einen ordentlichen Jungen an deiner Stelle habe, kannst du ja Herrn Mell helfen. Nun kannst du gehen, Fritz."

Fritz sang und spielte dem Herrn in seinem Herzen. Wie dankte er seinem Heiland! Wie innig seufzte er, dass Er ihm Kraft geben möge, ein Zeugnis für Ihn zu sein!

Daheim gab es einen Dankgottesdienst.

Im Jungenzimmer saßen sie beieinander und lernten. Jeder hatte an einem Fenster einen Schreibtisch stehen und so ging es gemeinsam vorwärts.

Fritz war ein begabter Junge und der Privatunterricht war so vorzüglich, dass es ihm nicht schwer fiel, schnell vorwärts zu kommen. Er hoffte schon Ostern Alfred eingeholt zu haben.

Frau Gudelius ließ gern die Türen ein wenig offen, um zu hören, wenn die Jungen plauderten. Sie hörte einiges, was ihrem Sohn und ihr selbst zum Segen wurde.

An einem Nachmittag, an dem die Jungen vorhatten, noch schwimmen zu gehen, machte Alfred seinem Freund folgenden Vorschlag: „Fritz, mach du mir den deutschen Aufsatz und ich mache dir die lateinische Grammatik. Dann sind wir beide schnell fertig."

„Aber Alfred, das ist ja Betrug!", entrüstete sich Fritz.

„Ach du", entgegnete Alfred unwillig, „du weißt nur, dass du auch ohne mich schnell fertig wirst. Und weil deine Aufsätze immer so gut sind, willst du mir das nicht gönnen."

„Nein, Alfred, wie kannst du so etwas sagen! Ich will gern das Thema mit dir durchsprechen und mir ist auch lieb, wenn du mir ein wenig hilfst. Aber das geht nun doch nicht, dass ich deine Kenntnisse als Produkt meines Fleißes hinzustellen versuche, und vor allem, dass ich deine Gedanken als meine vorspiegele."

„Ach, du bist aber so einfältig. Dass du's nur weißt, so etwas merkt mein Oberlehrer gerade so wenig wie dein Doktor Hein."

„Aber Gott merkt es."

Alfred starrte bestürzt auf Fritz „Wie? – Wo? –Was?"

„Gott merkt es."

„Wie kommst du denn darauf, Gott da auf einmal hineinzubringen?"

„Weil Gott alles weiß und alles sieht. Und weil ich mich bei allem zu fragen bemühe: Was würde Jesus dazu sagen?“

„Jesus! Jetzt fängt er noch von Jesus an! Was hat denn – sag mir das mal – was hat Jesus denn mit unseren Hausaufgaben zu tun?“

„Das kann ich dir sagen: Wenn ich mal nicht weiter kann, oder wenn ich nicht das Richtige finde oder wenn ich meine, es sei falsch, was ich tue, dann bete ich und kann bald merken, dass Jesus mir hilft. Sieh, das hat Er mit den Hausaufgaben und mit den Schulstunden zu tun!“

„Das ist doch ein bisschen überspannt!“

„Nichts ist überspannt, was man erfahren hat. Wenn da früher einer gesagt hätte, so vor 200 Jahren, dass ein Ding in der Luft fliegen kann, das viel schwerer ist als die Luft und dass Menschen darin sitzen und es lenken können nach jeder Richtung, den hätte man für irrsinnig erklärt. Und nun sitzen die Menschen im Flugzeug, lenken und fliegen, und es ist beinah etwas Alltägliches geworden. So geht's dir mit meiner Glaubensgewissheit. Du nennst es überspannt und hast es selbst noch gar nicht ausprobiert. Wenn du nur einmal erfahren hast, wie Beten hilft, so wirst du es immer wieder machen und es nicht mehr überspannt nennen.“

„Ach, Unsinn, fang keine Predigten an; sag mir lieber, wie ich anfangen soll!“

Und sie gingen auf das Aufsatzthema über.

Wenn Frau Hella am Abend ihrem Ehemann von den Gesprächen der Jungen erzählte, runzelte er wohl die Stirn, aber er schalt nicht und sagte nichts dagegen. Eine höhere Macht wehrte ihm.

Einmal kamen die Jungen darüber ins Gespräch, wie sie den Sonntag verbrächten. Nachdem Alfred den eingehenden Bericht abgeschlossen hatte, ohne von Fritz unterbrochen zu werden, fragte er, was Fritz denn sonntags treibe.

Fritz erzählte, dass er wochentags von der Schule schnell heimginge zum Essen und Punkt 2 Uhr bei Alfred sei. Das Vesperbrot und das Abendbrot bekäme er ja bei Alfreds Eltern, so wäre er verhältnismäßig wenig zu Hause. Er würde wohl sonntags gelegentlich eingeladen, doch meistens lehne er ab, da er diesen einen Tag mit seinen Eltern und Geschwistern zusammen sein wolle. „Ich stehe sonntags immer auf, wenn es hell wird, im Sommer also schon sehr früh, im Winter später. Dann koche ich für alle den Kaffee, decke den Tisch und stelle die Brötchen hin. Sonntags essen wir jetzt immer Brötchen."

„Warum esst ihr denn nicht alle Tage Brötchen?"

„Weil das zu teuer ist, Alfred."

„Na, du – ja, nun, warum machst du denn den Kaffee?"

„Weil meine Mutter noch recht schwach ist von den letzten schweren Wochen. Die ganze Woche geht mein Vater schon sehr früh, vor 6 Uhr zur Arbeit. Und weil ich jetzt so viel lernen muss, lässt mich die Mutter immer schlafen, solange es geht. Da nehme ich ihr sonntags die Mühe ab; dann kann sie sich auch einmal an den gedeckten Tisch setzen. Bis sich die anderen alle fertig gemacht haben, putze ich für alle die Stiefel. Nachher gehen Vater und Mutter zum Gottesdienst. Dann mache ich mit meinen Geschwistern einen Spaziergang. Der Paul ist nämlich ein Schlimmer; der muss immer etwas straff gehalten werden. Wenn ich ihm etwas Nettes erzähle, ist er schnell zufrieden und vergisst alle Wildheit. Um halb 12 Uhr gehe ich zur Sonntagsschule."

„Nun hör aber auf! Du bist ja das reinste Baby!"

„Bin ich auch! Unser Sonntagsschullehrer sagt: Das praktische Leben ist immer der beste Vergleich für das Glaubensleben der Gotteskinder. Zuerst, wenn man neugeboren ist, braucht man viel Pflege, und –"

„Ach, hör jetzt auf davon, du Baby. Das kannst du mir mal erzählen, wenn ich Langeweile habe. Was machst du danach?"

„Wir gehen heim zum Mittagessen. Nach dem Essen schlafen die Eltern ein Weilchen; dann spielen wir zusammen. Ich sehe nach Pauls Schulsachen und mache wieder den Kaffee fertig. Dann gehen wir alle zusammen eine Weile nach draußen, wenn das Wetter schön ist, und begleiten die Eltern zu der Gemeinschaftstunde des Männerheims. Da sprechen meist auswärtige Redner über Außen- und Innenmission. Das ist immer sehr interessant, sogar Paul hört das gern."

„Fritz, du bist zu fromm! Ich könnte das nicht aushalten, so fromm zu sein! Das muss doch lästig sein, immer an Gott zu denken."

„Warum? Du hast das noch nicht ausprobiert. Weißt du, ein Königssohn ist sich dessen immer bewusst, dass er ein Königskind ist. Deshalb ist er nicht besser als andere: Er ist genau so fröhlich, kann lachen, spielen, springen, singen und bleibt trotzdem ein königliches Kind."

Es war nur ein schwacher Vergleich, aber er genügte doch, um Alfred Anlass zur nächsten Frage zu geben: „Wie kommst du dazu, dich, Gotteskind zu nennen?"

„Ich nenne mich so, weil Jesus mich so nennt!"

Nicht lange danach kam ein Tag, da erwiderte Fritz Alfreds Einladung und bat ihn, einmal mit in die Sonntagsschule zu kommen. Nach langem Hin und Her sagte Alfred zu. Herr Gudelius war nicht sonderlich erbaut von diesem Plan. Allein seine Frau sagte, Fritzens Lehrer sei der Stadtmissionar Braß; er könne sich wohl entsinnen, der damals auf dem Basar gewesen sei.

Ja, ja; er entsann sich. Er hatte doch die Sache von dem Laufjungen und dem gefühllosen Chef erzählt.

„Ich will dir sagen, wer der Mann war, den die Frau Hauser namhaft gemacht haben wollte", sagte Gudelius.

Da fiel ihm Frau Hella ins Wort: „Ich kenne den Laufjungen, und sein Chef ist Herr Gudelius, der aber ungemein menschlich geworden ist."

„Du weißt es? Warum sprachst du nie davon?"

„Ich weiß selbst nicht. Ich fühle nur, dass von dem Jungen eine wohltuende Atmosphäre ausgeht. Er ist besser als wir. Er hat eine Art Herzensbildung, die erquickend ist. Ich freue mich, wenn ich ihn sehe. Der Alfred ist viel fleißiger, seit sie zusammen sind."

„Das ist das Unbequeme bei dem Jungen. Man will ihm Gutes tun, und dabei profitieren wir fast mehr als er selber. Es ist etwas Lebendiges an seiner Frömmigkeit", meinte Gudelius.

Nach dem ersten Besuch der Sonntagsschule fühlte sich Alfred sonderbar angezogen, weniger von den Worten des Herrn Braß, als von seiner Persönlichkeit. So traf er jetzt jeden Sonntagmorgen seinen Freund mit den Geschwistern in dem hohen Saal, wo Herr Braß den Kindern den Heiland nahebrachte und dem Heiland die Kinder.

Im Laufe der Woche gab es dann viele Gelegenheiten, die sonntags gehörte Unterweisung praktisch anzuwenden. Frau Gudelius bemerkte das zu ihrer größten Freude. Eines Tages hörte sie die Jungen über folgendes Thema reden:

„Fritz, wie denkst du eigentlich über das Abgucken in der Schule?"

„Das ist geistiger Diebstahl, meine ich."

„Ach was! Ich meine, es ist OK, wenn man jemand abgucken lässt. Geiz ist, wenn man das nicht tut."

„Nein, Alfred, das ist kein Geiz. Du hilfst dann, den Lehrer zu betrügen. Wenn du deinem Nachbar helfen willst, dann opfere ihm die Pause und erkläre ihm, was du besser weißt. Aber wenn er faul ist und nicht lernen will, dann ermahne ihn freundlich."

„Na, du, da käme ich schön an bei unseren Klassenkameraden. Die lachen so schon, dass ich ein Streber werde."

„Dann muss man sich eben mal auslachen lassen.“

„Sei still, davon bist du auch kein Freund!“

„Sicher gibt es Dinge, die angenehmer sind, als sich auslachen zu lassen.“

„Weißt du, wenn wir beide zusammen auf der Schulbank sitzen, dann halten wir zusammen auf Tod und Leben. Dann führen wir eine Klassenreform bei uns durch.“

„Wie denkst du dir das?“

„Dann scheidet jeder, der abguckt oder sich nicht vorschriftsmäßig benimmt, aus der Klassenvereinigung aus. Weißt du, der wird moralisch geohrfeigt, verachtet, in den Bann getan.“

„Meinst du, das ist das Richtige?“

„Ja, natürlich, das einzig Richtige. Du sollst mal sehen, was für Zucht in die Gesellschaft kommt!“

„Wenn Gott das mit uns so machen würde! Wer sich vergeht, der wird mit Ausstoßung bestraft.“

„Ach, komm doch nicht immer gleich damit! Das ist so – na – es ist geschmacklos.“

„Oder unbequem.“

„Du bist unausstehlich!“

„Das tut mir sehr leid.“

„Fritz, wenn du nur nicht so wahnsinnig gut und fromm sein wolltest!“

„Deine Komplimente sind ganz unberechtigt.“

„Sei still, du sittsamer Junge! Du bleibst trotzdem mein einziger Freund.“

Damit schloss das Gespräch ab. Die Jungen beugten sich über die Hefte und die Federn kritzelten aufs Neue. Frau Hella drüben wurde es warm ums Herz.

Ostern bestand Fritz die Prüfung und kam zu Alfred in die Klasse. Zwar musste Fritz vorerst noch Nachhilfestunden in einzelnen Fächern haben, aber im Allgemeinen gehörte er mit zu den Besten der Klasse. Alfred, der sonst kaum ein Mittelschüler war, hatte es sogar bis zum sechsten Platz gebracht. Die Studien des Freundes, dem er manchmal geholfen hatte, waren für ihn eine gute Wiederholung gewesen und, durch Fritz oft und viel angeregt, hatte er sich auch in den anderen Fächern wesentlich gebessert. Mit großer Freude stellte Herr Gudelius fest, dass sein Sohn jetzt unter dreißig Schülern den sechsten Platz bekommen hatte. „Das haben wir Fritz zu verdanken", sagte Gudelius zu seiner Frau und diese nickte dazu.

Es war noch etwas eingetreten, das in Alfreds Fortschritten eine wesentliche Rolle spielte. Er war nämlich nahe daran, sein Herz dem Heiland zu geben. Er wusste nur nicht recht, wie er das anstellen sollte, und er mochte nicht darüber reden. Einmal wollte er mit Herrn Braß darüber sprechen, ein andermal meinte er, Fritz würde ihn besser verstehen, dann wieder fürchtete er, sein Vater könnte zornig werden.

Schließlich versuchte er es allein mit dem Heiland. Es war an einem Tag, an dem Fritz den Nachmittag zuhause verbrachte, weil er seinem Bruder zum Geburtstag eine Freude machen wollte. Alfred mochte Fritzens Einladung nicht folgen und nutzte den Nachmittag dazu, seinen Bücherschrank und den Schreibtisch auszuräumen. Aber diese Arbeit nahm nicht den halben Nachmittag in Anspruch. So machte sich Alfred daran, die alten Bücher, die Schulbücher früherer Klassen hinauf in die Bodenkammer zu tragen.

Als er nun da oben auf einer alten, verstaubten Bücherkiste saß, den Kopf in die Hand gestützt, kamen ihm allerlei Gedanken. Er musste daran denken, wie Fritz ins Haus kam, wie er ihm nachgelaufen

war, und dann, dass er den schlichten Laufjungen nie beachtet hatte, so oft er ihn auch sah. Wie er ihm bei den Arbeiten geholfen hatte, und dann, wie sie sich geprügelt und letzten Endes – wie sie sich treue Freundschaft geschworen hatten.

Alfred musste denken, dass Fritz doch viel, viel besser war als er. All die abgeschriebenen Arbeiten fielen ihm ein, seine Ungezogenheiten und weitere Vergehen. Fritz würde so etwas nie tun. Fritz würde nie betrügen. Fritz würde nie abschreiben. Das kam alles daher, weil er den Heiland hatte als etwas Festes, Sicheres; weil er nicht nur betete, sondern auch glaubte. Weil er nicht nur glaubte, sondern auch lebte, was er glaubte. Fritz nahm alles so persönlich, was in der Bibel stand, geradeso, als ob er es für sich geschrieben fände. Er war so froh und so stark in seinem Glauben, dass man ihn darin bewundern musste.

Alfred überlegte, wie es kam, dass er diesen Glauben noch nicht besaß und weshalb er noch nicht da angekommen war. Dann betete er, dass Gott ihm doch helfen möge. Es ging Alfred Gudelius, wie es allen geht, wenn sie mit aufrichtigem Herzen zu Gott beten. Gott half ihm und zeigte ihm, dass er nur annehmen musste, was den Menschen längst geschenkt war: Seinen heiligen, geliebten Sohn, der Sein Blut als Lösegeld gab. Alfred erkannte, dass es an ihm lag, dieses Geschenk anzunehmen, zu glauben und der Heilskraft des teuren Blutes Christi zu vertrauen. Wie ein helles Licht ging dem knienden Jungen die Erkenntnis auf. Da klang seine Bitte aus in jubelndes Danken.

Kaum konnte Alfred den nächsten Morgen erwarten. Als er Fritz, den er immer auf halbem Schulweg traf, kommen sah, lief er ihm entgegen und sagte mit kräftigem Händedruck: „Fritz, gestern war der schönste Tag meines Lebens!“

Da wusste Fritz gleich Bescheid. „O, Alfred, wie mich das freut! Ich wusste, dass meine Gebete nicht vergeblich waren.“

Die beiden beschlossen am Nachmittag Herrn Braß aufzusuchen, um ihm die frohe Neuigkeit mitzuteilen.

Jetzt begann für die Jungen eine doppelt so schöne Zeit. Man lernte mit vermehrtem Eifer, man suchte im Kleinsten treu zu sein und einander zu fördern.

Alfred hatte nicht gleich den Mut gefunden, den Eltern von der Veränderung seines Innern zu erzählen. Aber Fritz half ihm, indem er dem Freund sagte, dass der Heiland doch den Mut dazu geben könne. Da nutzte Alfred gleich die erste Gelegenheit, als die Eltern beisammen saßen, um es ihnen zu erzählen.

„Mutter – Vater“, fing er an und blickte von einem zum anderen und dann zur Erde, „ich muss euch etwas mitteilen. Hm“, er räusperte sich und sah schüchtern auf. Dann fuhr er fort: „Hm – ja – also – ich habe – mich – bekehrt. Hm – ja – das ist’s.“

Die Eltern sahen sich verständnislos an. Sie hatten diesen Ausdruck wohl gehört, aber nie über die Bedeutung nachgedacht.

„Ja, ich habe mich bekehrt – ich bin ein Gotteskind geworden – ich bin frei geworden –“

„Ach so, diese Sprache redest du! Hat er dich rumgekriegt, der fromme Fritz? Sehr nett, mein Sohn – frei geworden bist du also. Ich sah das schon kommen. Wovon bist du denn frei geworden?“

„Von der Sünde, Vater!“

„So – von welcher Sünde denn?“

„Nun – wir haben doch Sünde – wenn man zum Beispiel abschreibt – oder so – das ist doch Sünde.“

„Natürlich–aber du hast doch schon lange nicht mehr abgeschrieben!“

„Ja – aber – na, Vater, man sündigt doch alle Tage.“

„Ich wüsste nicht. Man kann verschiedene Auffassungen von der Sünde haben.“

„Ja – aber – na, Vater, Gott hat nur eine Auffassung von der Sünde. Bei Gott ist Sünde nun einmal Sünde. Und alle Menschen sind Sünder.“

„So? Ich auch, nicht wahr, und die Mutter natürlich! Ihr seid seltsame Fromme, dass ihr immer besser sein wollt als andere, dass ihr gleich sagt, dass wir alle Sünder sind. Na, jetzt Schluss damit. Wenn du mal ein tüchtiger Kaufmann wirst, dann will ich dir schon ein paar Sünden gutschreiben, Alfred.“

Auch in der Klasse merkte man bald die Veränderung. Einige lachten über Alfreds Eröffnung, manche mochten ihn deshalb nur noch mehr.

Eines Tages trafen sie bei Herrn Braß einen gläubigen Studenten, in dessen Gemeinschaft sie

Bibelstunden durchführten und auch ab und zu Schulfreunde einluden. Der kleine Kreis wuchs, und es herrschte bald ein frohes Streben und Wetteifern im Forschen des Wortes Gottes. So ging der Frühling dahin und der Sommer zog ins Land.

Gudelius, dessen Ziel der Kommerzienratstitel war, hatte viel zu tun. Er hatte bereits im Vorjahr eine größere Stiftung gemacht, die er jetzt durch eine zweite, noch Größere übertreffen wollte, um diesen Herbst das durchzuführen, was er bis jetzt aufgeschoben hatte.

Als er eines Tages, vollauf beschäftigt, in seinem Büro saß, ließ sich Fritzens Vater bei ihm melden. Er ließ ihn eintreten und empfing ihn ein wenig ungeduldig. Herr Neumann ließ sich dadurch nicht beirren, sondern ging gleich auf das Ziel seines Kommens los.

„Herr Gudelius, ich bin gekommen, Ihnen nochmals Dank zu sagen für alles, was Sie meinem Fritz an Wohltaten erwiesen haben. Ich möchte ihn wieder mit mir in unsere Heimat nehmen. Unser Bürgermeister hat mir geschrieben, ob ich nicht wiederkommen wolle, es sei gar kein ordentlicher Meister mehr dort. Ich habe geantwortet, dass ich sehr heruntergekommen war, aber durch Gottes Gnade heraus gerüttelt und wieder ein ordentlicher Mensch geworden wäre. Darauf schickte er mir das Geld zum Umzug und noch etwas mehr, falls ich hier noch Verpflichtungen hätte, die mich bänden – ja – und nun sollen wir kommen und wollen am 1. Juli hier fort.“

Gudelius bot jetzt dem Mann einen Stuhl an. Er rief nach oben zu seiner Frau an und bat sie herunterzukommen.

Auch Frau Gudelius war betroffen, als sie hörte, dass Fritz fort solle. „Gibt es denn keinen Ausweg?“, fragte sie.

„O, ich wüsste einen, es fragt sich nur, ob Herr Neumann einverstanden ist. Fritz bleibt ganz bei uns. Es macht uns Freude, ihn bei uns zu haben. Er kann mit Alfred im Zimmer schlafen. Es kommt gar nicht darauf an, ob ein Esser mehr da ist. Für seine Kleidung haben wir sowieso fast ausschließlich gesorgt – es fehlt nur Ihre Zustimmung, Herr Neumann!“

„Bitte, Herr Neumann, lassen Sie Alfred den Freund!“, bat auch Frau Hella.

Herr Neumann war sichtlich verlegen.

„Ja – das ist alles gut und schön und sehr freundlich von Ihnen. Aber ich weiß nicht, ob ich es annehmen kann. Und ich muss erst mal mit meiner Frau darüber sprechen.“

„Aber gewiss sollen Sie erst mit Ihrer Frau darüber sprechen. Und Fritz – na, der wird wohl von selbst wollen. Wollen Sie sich noch einmal hierher bemühen, wenn Sie sich entschieden haben?“, fragte Gudelius freundlich.

Ja, das wollte Herr Neumann tun.

Fritz und Alfred, die jetzt auch die Neuigkeit erfuhren, hatten nichts anderes zu besprechen als das Ereignis. Beide waren für eine Trennung nicht zu gewinnen und von dem Zusammenleben aufs Höchste eingenommen.

Fritz fiel die dauernde Trennung von Eltern und Geschwistern nun doch nicht so leicht. Er hing nun einmal zu sehr an allen. Aber der Beschluss, dass er alle Ferien daheim verbringen solle, war für ihn doch ein guter Trost. Bald schon stellte sich Herr Neumann wieder im Büro des großen Hauses ein. Diesmal führte Gudelius ihn hinauf in die Wohnung, ließ ihm ein gutes Frühstück auftischen und besprach die Einzelheiten mit dem Vater seines Schützlings. Nachdem die äußeren Verhältnisse besprochen und geregelt waren, fuhr Herr Neumann fort: „Noch eins, Herr Gudelius, Sie wissen, wie mein Junge in religiöser Hinsicht denkt. Ich vertraue Ihnen den Jungen an und erwarte, dass Sie nicht versuchen, ihm auch nur ein Tüttelchen zu nehmen von dem, was er besitzt an treuem Glauben. Ich bitte Sie, Frau Gudelius, bei aller leiblichen Pflege, die nötig ist, die geistliche Pflege nicht zu vergessen und nicht durch Gleichgültigkeit in religiösen Dingen die Seele des Jungen hungern zu lassen. Wenn die Knaben zu irgendwelchen religiösen Feiern zu gehen beabsichtigen, bitte, unterstützen Sie das so gut wie möglich. Vielleicht machen Sie sich selbst auch einmal die Mühe, mitzugehen."

Gudelius lächelte.

„Herr Neumann, was wir zu tun und zu lassen haben, das wissen wir selbst. Sie brauchen sich deshalb keine Sorge zu machen. Was Fritz anbetrifft, so seien Sie versichert, dass wir alles tun werden, was in unseren Kräften steht, damit er ein so braver, treuer Bursche bleibt, wie er bisher war. Seien Sie ganz ohne Sorge. Wir werden nichts tun, was das Seelenleben Ihres Sohnes beeinträchtigen könnte."

Herzlich dankend, verabschiedete sich Neumann.

Nach wenigen Tagen schon zog Fritz als ständiger Logiergast in das große Haus ein. Er wurde mit inniger Freundlichkeit von Frau Hella aufgenommen und fühlte sich bald wohl an der eichenen Tafel des pompösen Esszimmers. Er wusste ja, dass seine Familie satt zu essen hatte.

Herr Gudelius war zum Kommerzienrat ernannt worden. Anlässlich dieses Ereignisses hatten alle Angestellten des Hauses ein ansehnliches Geschenk und einen freien Tag erhalten.

Der Tag wurde gefeiert. Geschäftsfreunde und Freunde des Hauses von nah und fern, kamen herbei. Magda, die sonst meist bei der Mutter hockte, flüchtete sich zu den Jungen. Die Kinder fühlten sich den ganzen Tag nicht wohl. Gudelius hatte in einem erstklassigen Hotel eine Festtafel bestellt. Als man sich dahin begab, gab es ein ums andere Mal eine kurze Erklärung über Fritz, den „Adoptivsohn", wie Gudelius sagte.

Am frühen Abend brachte ein Auto die Kinder heim. Alfred und Fritz hatten zum ersten Mal das Gefühl, dass der Vater – auch Fritz nannte ihn im Gespräch so – noch sehr an Äußerlichkeiten hing. Noch nie bisher hatten sie einen Mangel an ihm entdeckt, noch nie beobachtet, dass er etwas tat, wovon sie hätten sagen können: Das würde Jesus nicht billigen. Aber in dem Lärm des heutigen Tages hatten sie gesehen, dass der Vater kein höheres Streben kannte als Anerkennung der Welt, und dass das Gebiet der Zahlen und das Sammeln irdischen Gutes seine einzige Freude war.

Als sie nun in ihrem Zimmer saßen, im Halbdunkel des frühen Herbstabends, plauderten sie von der Zukunft.

„Fritz", sagte Alfred, „ich hasse das Kaufmannswesen heute mehr denn je. Sieh, da verbraucht Papa seine Tage, sein ganzes Leben in dem Jagen nach dem Mammon. Er scheint ja glücklich zu sein; aber glaube mir, er bleibt es nicht. Ob er es überhaupt ist? So ganz glücklich? Ist das denn Glück, dieses Jagen und Hasten, dieses Rechnen und Denken? Was nützt denn eigentlich so ein Leben?"

„Ach, weißt du, Alfred, er tut so viel Gutes! Denk mal, das Geld für alle Angestellten – und die Stiftungen – und was er an mir tut!"

„Ach – von den Millionen– er weiß nicht, wohin damit – nein, ich habe das nie so empfunden wie heute, dass es Papa nicht ums Wohltun ist! Was war denn das Thema? Soll und Haben! Debet und Kredit [5]! O, es ekelt mich an! Und was tut er denn an dir? Er will mir durch dich ein wenig Interesse am Geschäft beibringen – und im Übrigen für einen guten, zuverlässigen Prokuristen sorgen, wenn Haurisius nicht mehr mitarbeiten kann!"

„Still, Alfred! Das ist doch zu arg. Wie kommst du nur darauf? Dein Vater ist doch kein Barbar! Er

5 Soll und Haben, Debet und Kredit – Begriffe aus der Buchführung

ist Geschäftsmann, aber doch auch Mensch. Er ist so gut, so herzensgut zu uns! Und ich glaube, er wird auch noch mal ein Gotteskind. Wir müssen für ihn beten."

„Meinst du? Er lächelt nur. Solange er lächelt, ist es ganz ausgeschlossen. Herr Braß sagte neulich: Wenn der Mensch mal anfängt, zu reagieren auf das Christentum, dann schimpft er und sagt, man solle ihm damit vom Halse bleiben. Und das tut Papa nicht. Er lässt uns gewähren und lächelt."

Fritz zuckte die Achseln. „Oft mag es so sein, aber es kann auch anders kommen. Und wir beten für ihn."

„Kommt er denn sonst nicht in den Himmel?", fragte jemand aus der Dunkelheit.

Die Jungen schraken zusammen. Magda hatte sich unbemerkt auf einem Schemel bei der Tür hingehockt und das Ganze mit angehört.

„Du, Magda?", fragte Alfred halb bestürzt, halb ärgerlich.

Fritz aber knipste das Licht an und legte seinen Arm um des Mädchens Schulter.

„Doch, Magda, er wird bestimmt in den Himmel kommen! Wir beten darum! Willst du auch darum beten?"

Das Ereignis des Tages hatte das Kind aufgeregt, und nun schluckte es: „Ach, Fritz, Mama sagt, du wärst so gut! Du sagst nicht so was Hässliches von Papa wie Alfred. Du bist viel besser. Alfred will doch auch bekehrt sein, wie ihr das nennt. Ach, ich bin gar nicht bekehrt, und ich zanke immer mit

Irma Hauser. Gestern habe ich die Lehrerin belogen und gesagt, ich hätte nicht abgeguckt und hatte es doch getan. Nun komme ich sicher auch nicht in den Himmel!"

„Na, bekehre dich doch!", sagte der Bruder nüchtern.

„Ja, ja, das sagst du so. Du hast den Fritz und deine Studenten – und mir – mir habt ihr nie was gesagt!"

Fritz war ganz betroffen von Magdas plötzlichem Ausbruch des Schmerzes. Er vermochte gar nichts zu sagen. Der letzte Vorwurf brachte ihn noch ganz außer Fassung. Wie recht hatte sie doch! Er hatte ihr noch nichts vom Heiland gesagt.

„Nun ja, du bist eben noch klein!", versuchte Alfred sie zu entschuldigen.

„Du – klein! Ich werde bald zwölf Jahre alt! Fritz war schon lange bekehrt, als er herkam, und damals war er auch noch klein."

„Magda, liebe kleine Magda, ich will dir etwas sagen vom Heiland. Du weißt doch, dass Er am Kreuz gestorben ist. Das tat Er, damit wir mit unseren Sünden nicht ans Kreuz genagelt werden müssten. Wenn wir Ihn nun liebhaben und Ihm glauben, so hilft Er uns, dass wir nicht mehr sündigen müssen. Schau, ich musste früher immer den Paul – das ist mein Bruder – schlagen! Ich musste ihn schlagen, ob ich wollte oder nicht. Wenn irgend etwas war, musste ich ihn schlagen. Und lügen musste ich und naschen! Ach, du, denke nur nicht, ich sei gut! Das bin ich nie gewesen! Aber da zeigte mir der Heiland, dass Er am Kreuz gestorben ist für alle meine Sünden. Da bin ich zu dem Heiland gegangen und habe gesagt: ‚Lieber Heiland, ich danke Dir, dass Du am Kreuz für mich gestorben bist! Vergib mir nun alle meine Sünden und mache Du mich frei davon! Hilf Du mir, dass ich den Paul nicht mehr schlage und nicht lüge und nicht stehle!‘ Dann habe ich geglaubt und gewusst, dass Er mir hilft, und ich bin nun ganz Sein Eigentum. Ich will gar nichts tun, als Jesus um Kraft zu bitten, denn ich kann nichts anderes.“

„Und dann warst du bekehrt?“, fragte das Mädchen atemlos.

„Ja! Ich hatte mich abgekehrt von der Sünde und Jesus zugekehrt. Das nennt man bekehrt.“

„Hm – woher weiß man aber, dass Jesus einem vergibt? Hast du es auch so gemacht, Alfred?“, wagte sie schüchtern zu fragen.

„Ja, nur habe ich erst gebeten, dass Jesus mir vergeben möchte, und dann habe ich dafür gedankt.“

„Wie kann man aber noch so was Hässliches sagen, wie du von Papa gesagt hast, wenn man bekehrt ist?“

Alfred schämte sich und sagte leise: „Ich habe nicht an Jesus gedacht. Ich habe nicht gedacht, dass Ihn das betrübt.“

„Dann ist Fritz doch besser!“

„Nein, ich lasse nur Jesus mehr mit mir tun, als ich allein tun will!“, protestierte Fritz.

„O, Fritz, du bist so gut! Jesus soll auch mit mir tun, was Er will.“

Das Licht der elektrischen Birne beleuchtete ein rührendes Bild: Die drei Kinder knieten nebeneinander und beteten, dankend für die Gnade, bittend um mehr Gnade.

Und die Engel jauchzten über einen Sünder, der Buße tat. Dieser Sünder war Magda Gudelius.

Die Eltern aber ließen sich feiern, tanzten und tranken in hellen Sälen.

Fritz wurde wach und hörte Alfred stöhnen. „Alfred, bist du wach? Was ist dir?“, fragte er und richtete sich auf.

Alfred warf sich auf die andere Seite und seufzte: „Ich kann nicht schlafen. Ich habe keine Ruhe. Die Eltern sind noch nicht zuhause, glaube ich. Meine Taschenuhr ist stehengeblieben. Ich möchte wissen, wie spät es ist.“

„Lass uns drüben sehen“, meinte Fritz und stand auf, um nachzusehen. Als er ins Wohnzimmer trat, hörte er ein Auto kommen und vor dem Hause halten.

„Alfred, ich glaube, da kommen sie!“, rief er dem Freund zu. Der sprang auf und war gleich neben ihm. Kurz darauf hörte man polternde Schritte im Haus.

Nun ging die Flurtür auf, und die im Dunkeln lautlos verharrenden Jungen sahen ein erschreckendes Bild: Über die Schwelle stolperte der Vater herein, seine Frau führte ihn und stützte seinen Gang.

Während Frau Hella eine matte Birne anknipste, wankte der Mann zwei, drei Schritte vorwärts, stieß an die Garderobe und lallte unverständliche Worte. Gerade, als seine Frau ihn wieder beim Arm nehmen wollte, beugte er sich vor und übergab sich auf den kostbaren Teppich der Diele und beschmutzte die prunkvolle Robe seiner Frau, die jetzt nicht mehr an sich hielt mit ihrem Zorn, sondern einen Wortschwall wütender Ausdrücke über den Betrunkenen ausschüttete. Aufs Neue ergoss sich die eklige Masse, diesmal auf den Staatsrock und die Weste, auf die eleganten Beinkleider und die Korbmöbel.

„Du bist ein – ein – Schwein! Pfui! Wie ekelhaft! Wer soll das jetzt wegräumen? Du etwa? Oder sollen morgen früh die Mädchen die Spuren deiner maßlosen Sauferei –“

„Hellaken – Hellaken – is gut – is gut – war mal fein gefeiert – alle voll – alle – und Hesse hat sich schon dort –“

„Hättest du nur auch schon dort –! Du bist – ein – Pfui!“

Gudelius plumpste in einen der Korbsessel.

„Ich musste doch allen – allen – Bescheid – Bescheid – na, es war fein – fein – so ’ne Sauferei – so ’ne – und Burscheid hat – und ich kann doch mehr vertragen als Burscheid – wir haben – ge – wettet – gewettet, dass ich mehr – mehr ver – tragen, tragen, und er konnte den Likör – die Bowle war zu stark – o ha! – der Burscheid hat’s aber hören müssen – so ‘ne Sauferei – nee – nee – nee – war das fein – und nun schlafen – schlafen – schlafen –“

Er hatte gar nicht beachtet, dass seine Frau den Mantel und das beschmutzte Abendkleid ausgezogen und sich ins Schlafzimmer begeben hatte. So erschrak er fast, als sie noch einmal erschien und ihn am Arm riss. Er stand auf, torkelte erneut, trat in seinen Kot und lallte fortwährend unverständliche Worte. Frau Hella, die sonst so gütig war, riss ihrem Mann ein Kleidungsstück nach dem anderen vom Leibe. Zuletzt zerschnitt sie die Schuhriemen mit seinem Taschenmesser und schleifte ihn ins Schlafzimmer, den langen Flur hinunter.

Eine Weile schon war die Tür hinter den beiden geschlossen. Frau Hella hatte vergessen das Licht zu löschen.

Die Jungen standen noch immer wie versteinert da und blickten regungslos auf das Chaos vor ihnen.

Eine lange Weile geschah nichts. Endlich wagten die Bestürzten ein Wort.

„Fritz!“ Ein Schrei, flehend, verzweifelt und angstvoll zugleich.

„Alfred!“ Mitleid, Weh, Erbarmen klang daraus.

Und wieder regungsloses Schweigen. Dann ein Umarmen, ein Sich-Halten, als wollten sie einander nie loslassen.

Und dann weinte der Sohn, weinte, weil er die Achtung vor seinem Vater verloren hatte. Er klagte seinem Freund in Weh und Schmerz und Verzweiflung, dass er das hatte sehen müssen, dass er das erleben musste; und er verdammte den Vater.

Als er endlich ausgeredet hatte und schwieg, hob Fritz an.

Milde, gute Worte sagte er. O, er verstand so gut, so sehr gut den Schmerz seines Freundes. Er sprach ihm zu, freundlich, sanft, beruhigend, er tröstete ihn, wie nur einer, der schon in gleicher Lage war, trösten kann. Und er verdammte nicht! Er wies auf den Erbarmer. Er wies auf den hin, der sowohl den einen wie den anderen annimmt, den Bier- wie den Weinsäufer, den Schnaps- und den Likörsäufer, den Großen und den Kleinen, den Reichen und den Armen, den Hohen und den Geringen.

Und dann – dann schlich Fritz in die Küche. Er nahm den Putzeimer und das Tuch und säuberte

den Teppich und den Korbsessel. Danach nahm er sein Taschentuch und wischte die Flecken von dem Staatsrock des Kommerzienrats. Sorgfältig und behutsam ging er mit all den Sachen um und beseitigte jegliche Spur des nächtlichen Ereignisses. Alfred stand dabei, regungslos, wie erstarrt. „Warum tust du das?“, fragte er dumpf.

Fritz sagte nur schlicht: „Es soll kein anderer noch Zeuge sein. Es könnte sonst bekannt werden.“

Als der Morgen kam, war Fritz fertig mit der wenig angenehmen Arbeit. Er kroch ins Bett und schlief, bis der helle Sonntag ihn weckte.

Frau Hella fand, als sie gegen Mittag aus dem Schlafzimmer trat, alles in bester Ordnung. Sie wunderte sich, dass keine von den Mädchen eine Bemerkung machte. Selbst die schnippische Köchin tat, als wisse sie von nichts. Lange dachte sie nach, woran das liegen mochte; aber die Lösung fand sie nicht.

Fritz aber und Alfred behielten ihr Geheimnis für sich.

Jahre gingen dahin. Lange Zeit war es still gewesen oben in den Privaträumen. Magda war ganz einsam gewesen, denn die Jungen hatten nach beendeter Schulzeit für drei Jahre die Heimat verlassen. Sie hatte oft und gern mit der Mutter von dem geredet, was in ihrem Herzen vorgegangen war. Frau Hella war keineswegs zu dem lebendigen Glauben durchgedrungen; aber sie suchte beständig und war bestrebt, Magda zu helfen und ihr das zu erhalten, was Gott ihrem Kind geschenkt hatte. Ihre Wohltätigkeit erstreckte sich weniger auf die Veranstaltung prunkvoller, glänzender Basars, als vielmehr auf praktische Liebestätigkeit. Das hatte damit begonnen, dass Magda, der verwöhnte Liebling des Hauses, nach der Schulentlassung die Mutter gebeten hatte, ihr zu gestatten, in das Asyl für mittellose Kranke gehen zu dürfen, um ihnen Erfrischungen zu bringen. Frau Hella schlug diesen Wunsch dem Töchterchen nicht aus, mochte sie jedoch auch nicht allein gehen lassen und begleitete mit einigem Widerwillen das Mädchen ins Asyl.

Dort arbeitete eine hagere und bleiche Schwester. Sie war immer fröhlich trotz aller Last, die auf ihrer Schulter ruhte. In dem Asyl waren nur wenige tüchtige Schwestern beschäftigt. Die meisten waren solche, die mehr aus Not und Zwang als aus Neigung die Schwesterntracht trugen. So hätten die Kranken hier wenig zu lachen gehabt, wenn Schwester Babette nicht dagewesen wäre. Diese Schwester trug mit viel Geduld und Liebe unter ständiger Fürbitte sowohl die Kranken mit ihren Leiden, als auch die meist unleidlichen Schwestern und die herablassenden Ärzte. Diese waren oft recht unfreundlich und barsch und drangsalierten die „billigen Schwestern“, wie man sie nannte, mit allerhand Schikanen.

Frau Gudelius fand in Schwester Babettes Wesen eine Ähnlichkeit mit Fritz Neumann, die sie aufmerken ließ. Sie hörte die Kranken die sanfte Schwester loben und die Schwestern über die Mitarbeiterin spotten und schimpfen. Sie beobachtete gut und sah, dass diese Sanftmut und dieser Friede einen tieferen Grund hatten als die Freude am Beruf. Magda schloss sich bei weiteren Besuchen innerlich schnell der treuen Schwester an. Und es kam ein Tag, an dem die stille Babette Gottes Gnade rühmte und erzählte, warum sie gerade hier sei. Als einzige Tochter wohlhabender Eltern, hatte sie in der Jugend viel Freude genossen, sich aber von dem Leben ohne Pflichten nicht befriedigt gefühlt. So hatte sie sich entschlossen Schwester zu werden, denn ihre tiefe Veranlagung steckte sich hohe Ziele. Durch einen Unglücksfall ihres Vaters fand sie den Heiland. Im ersten Eifer für Seinen Dienst erglühend, bat sie den Heiland, ihr eine Arbeit zuzuweisen. Da wurde ihr als erste Stelle außerhalb des Mutterhauses die Stelle in dem Asyl angeboten. Zehn Jahre harrte sie treu aus, während alle anderen Schwestern, so viel ihrer auch kamen, kaum einige Wochen dablieben. Sie stand treu und fest im Herrn und versah ihren Dienst in Liebe und Demut. Durch ein kleines Vermögen war sie in der Lage für geringes Entgelt zu arbeiten. Sie leistete dem Asyl große Dienste und fasste es als Gottesdienst auf.

Magda schwärmte geradezu für Schwester Babette. Frau Hella achtete und schätzte dieses selbstlose Dienen überaus. Sie fing an einzusehen, dass die Basars und Teestunden mehr eine Wohltat für die Reichen bedeutete als für die Armen. Sie war mit diesen Gedanken auch frei den Damen des Vereins entgegengetreten, hatte aber keinerlei Verständnis gefunden. War es denn nicht genug, was man tat? Musste man durchaus im Asyl und in allerhand Spelunken herumlaufen, um wohlzutun? Frau Hella meinte das und tat es auch. Die aus dem Asyl entlassenen, oft recht schwachen Frauen besuchte sie zuhause, stärkte sie mit Freundlichkeit und mit kleinen Gaben, die sie unauffällig und liebevoll darreichte. Schon bald fand sie, dass ein Nachmittag in einem Krankenstübchen, das Magda vorher in Ordnung gebracht hatte, viel mehr Befriedigung brachte als eine Teestunde bei Hausers oder sonst einer hohen Dame.

Magda war stets überglücklich, wenn die Mutter den Handkorb fertig machte, wollene Tücher, Brötchen, Mehl, Butterbrote und dergleichen einpackte und den Empfänger bestimmte. Dann pflegte Magda zu sagen: „Mutter du bist ein Gotteskind, ein ganz echtes. Du weißt es nur nicht."

Frau Hella fühlte sich nicht als Gotteskind. Sie handelte und tat all das Gute in dem Drang, etwas für den Heiland zu tun, der so viel gab, so viel geben konnte. Doch sie selber ließ sich nichts von diesem Heiland geben.

Fritz und Alfred erfuhren das alles von Magda, die ihnen treu Bericht erstattete. Alfred war in London, Fritz in Paris bei der gleichen Firma, und nach anderthalb Jahren tauschten sie die Lehrstellen aus. So hatte Herr Gudelius es bestimmt und mit der Firma ausgemacht.

Fritz hatte sich in der großen Modestadt Europas sogleich einem christlichen Verein Junger Männer angeschlossen, hatte dort viel an geistlichem Gut empfangen und gab davon weiter, soviel er mit Gottes Gnade vermochte.

Alfred dagegen hatte sich in London einsam gefühlt. Die erste Zeit hatte er in den freien Stunden die Stadt kreuz und quer durchstreift. Er befolgte Fritz' brieflichen Rat, einen Verein Junger Männer aufzusuchen. Aber da er der Landessprache noch nicht ganz mächtig war, konnte er sich nicht anschließen und war schnell wieder ferngeblieben.

Als sie nach anderthalb Jahren die Stellen tauschten, trafen sie sich in der Heimat wieder. Fritz war geistlich und körperlich gewachsen, erstarkt und ein freundlicher junger Mann geworden. Alfred, verkümmert im Glauben, ein wenig hager, machte mehr den Eindruck des gelangweilten Großstadtmenschen.

Gudelius sah beide und dachte, dass dem Alfred der Umgang mit Gleichaltrigen fehle. Fritz aber wusste, dem fehlt nur der Umgang mit Gott.

Fritz sprach ernst mit dem Freund, betete mit ihm und wies ihn erneut auf Jesus hin, der immer zu helfen vermag. Alfred klagte ihm all seine Einsamkeit und Verlassenheit und bat Fritz stets für ihn zu beten. Erquickt und getrost schieden die Freunde voneinander.

In Paris fand Alfred schnell Anschluss. Fritz hatte ihm einige Adressen gegeben, und der junge Mann fand sich bald in einem Kreis von Gleichgesinnten und erstarkte im Glauben. Alfred lernte einen Maler kennen, der sein Talent entdeckte, und er widmete einen großen Teil seiner Freizeit der Kunst, in der er sich so gern ausgebildet hätte. Jeder Fortschritt bedeutete ihm eine große Freude, und aus all seinen Briefen klang ein froher, lebensvoller Ton.

Fritz erging es in London ebenso trefflich. Der Sohn des Pastors Held, der etwa acht Jahre älter war, begegnete ihm eines Tages. Er kam aus dem dunklen Erdteil und hielt Evangelisationsvorträge. Manche stille, gesegnete Stunde verlebte Fritz mit dem Glaubenszeugen und wurde dadurch vertieft und gefestigt im Herrn. Als der Missionar dann abreiste, trug er die innigsten Grüße an seine Heimat auf und bat ihn, nicht zu versäumen, Familie Gudelius aufzusuchen und Bericht zu erstatten. Schnell verstrich für die jungen Männer der Rest ihrer Lehrzeit, und kurz vor vollendetem 21. Lebensjahr kehrten sie vereint in die Heimat und in das Geschäft des Vaters zurück.

Herr Gudelius hatte erst gemerkt, wie weit die Frömmigkeit seiner Frau fortgeschritten war, als der Missionar Held einen Abend bei ihnen verbrachte. Die Art, wie seine Frau all den Berichten zuhörte, wie sie den Worten des Missionars lauschte, das Interesse, das sie für das Glaubenswerk an den Tag legte, setzte ihn in Erstaunen. Als sie allein waren, sagte er: „Hella, du bist recht fromm geworden."

„So, empfindest du das? Es geschieht aber von mir aus ganz unbewusst. Ich möchte bekehrt sein! Weißt du, Fritz ist es und du hast ihn immer gemocht, gleich als du ihn sahst. Es ist etwas Sicheres, etwas Festes um solche Charaktere, die wirklich Ernst gemacht haben. Der Magda merkt man das auch recht an. Überall macht sie sich nützlich. So selbstlos, so schlicht wirkt alles, dass man sich schämt. Sie ist ein herzliebes Kind. Und sie betet immer so treu für uns alle."

Gudelius fand es eigenartig, dass er jetzt daran denken musste, wie einst vor Jahren Fritz Neumann dasselbe gesagt hatte: „Ich bete für Sie, Herr Gudelius!" Der Gedanke war unbequem, sehr unbequem. Ob Gott solche Gebete erhörte? Ob Fritz noch immer für ihn – all die Jahre –! Er musste doch nun einsehen, dass es zwecklos war. Ja, wenn er nicht Gerhard Gudelius gewesen wäre! Ja, aber ein Mann wie er? Nein, er wollte sich nicht rumkriegen lassen. Immerhin, es war nett, dass sie alle für ihn beteten, denn Alfred tat es sicher auch, der war ja auch so geworden. Warum betete man eigentlich für einen Menschen? Er musste mal sein Töchterlein fragen.

Magda gab dem Vater zur Antwort: „Wir beten für dich, dass du nicht verlorengehst."

„Wer sagt denn, dass ich verlorengehe, und warum gehe ich verloren?", fragte der Vater ein wenig spöttisch.

„Gott sagt es. O, Vater, das ist etwas furchtbar Ernstes, wenn man das nicht erkennen will, dass man ohne den Heiland verloren ist", sagte das Mädchen.

„Nun hör mal, was ist denn so Schreckliches an mir, das Gott mich nicht in seinem Himmel haben will?"

„Vater, bist du ohne Sünde?“, fragte Magda leise zurück.

„Bist du ohne Sünde?“

„Ja, Jesus hat mich freigemacht davon. Wenn ich schwach bin und falle, so ist Er doch da, mich schnell wieder aufzuheben. Er hat alle meine Sünden am Kreuze auf Golgatha gesühnt. All meine Schuld hat Er getilgt mit Seinem Blut.“

„Ja, du kleines Dummerchen, ebenso hat Er meine Sünden gesühnt, wenn man das so nehmen will!“

„Sicher, Papa“, jauchzte Magda, „sicher, wenn man das so nimmt! Aber auch nur, wenn man es so nimmt, so ganz persönlich, so ganz für sich, o Papa!“

Ein kühles, mitleidiges, herablassendes Lächeln und dann kam die Antwort, langsam und bedächtig: „Das ist für manchen gut und schön, meine kleine Magda. Aber für einen Mann wie dein Vater ist, past das nichts. Geh jetzt.“

Warum es eigentlich nichts für ihn war, das sah er selber nicht ein. Er wollte nicht.

Die jungen Leute waren wieder da. Du liebe Zeit, was war aus den Jungen mit den Kniehosen und den Schülermützen geworden! Groß und breitschultrig waren sie beide. Fritz, der damals Schmächtige, Kleine, überragte seinen Freund fast um halbe Haupteslänge. Alfred, der immer schon stämmig war, hatte im Gesicht mehr einen Zug der Reife bekommen und das hatte ihn verändert.

Magda war stolz und froh, wenn sie die „Brüder“ sah. Es waren einfach „die Jungen“, denn einen ohne den anderen konnte man sich gar nicht vorstellen.

Die Lehrjahre draußen hatten die Jungen stetes Schaffen gelehrt. Beide waren sich einig, dass sie ihre ganze Kraft jetzt im väterlichen Geschäft einsetzen mussten.

Gudelius hatte helle Freude an dem munteren Schaffen der beiden. Fritz hatte offensichtlich einen klareren Blick und eine bessere Auffassung von Geschäftssachen. Er sah viel schneller die Vorteile und Nachteile einer Geschäftsverbindung, erkannte mit scharfem Blick Mängel und Fehler und zeigte sich für sein Alter überaus tüchtig. Dabei war er freundlich und zuvorkommend, ging mit den Angestellten des Hauses kameradschaftlich um und half jedem gern. Er fühlte sich durchaus als nichts anderes, beziehungsweise besseres als die Damen und Herren, die an den verschiedenen Pulten, vor den Schreibmaschinen und Kassenbüchern oder hinter dem Ladentisch saßen oder unten im Packraum standen. Dem Lagermeister Mell begegnete er mit einer Hochachtung, die dem ehemaligen Laufjungen nur Ehre machte.

Alfred war mehr der überlegene künftige Chef. Er war fleißig und sehr strebsam, aber ihm fehlte der Überblick und die Gabe des Disponierens. Er konnte freundlich sein und war es auch meistens, aber diese Freundlichkeit hatte einen herablassenden Zug.

Im Allgemeinen war Fritz im ganzen Haus weit mehr beliebt als Alfred. Man vergaß ganz, dass er doch nur ein armer, schlichter Laufjunge gewesen war, der um Vorschuss bitten musste – für Brot.

Fritz' Eltern hatten mit Freude gesehen, dass ihr Sohn treu geblieben war. Der alte Pastor Held, dessen Scheitel längst bleichte, strahlte jedes Mal vor Freude, wenn er seinen ehemaligen Schüler wiedersah.

Der Maurermeister Neumann hatte ein kleines Anwesen gekauft, sein Geschäft bedeutend erweitert und freute sich mit seiner Frau im Herrn. Nur eine Sorge drückte ihn: Sein Sohn Paul, der jetzt achtzehn Jahre alt war, folgte dem Heiland nicht nach. Er hatte in der Stadt eine Stelle als Zeichner, kam aber nie mit dem Geld aus, schrieb deshalb oft an die Eltern und bat um Unterstützung. Meister Neumann war froh, dass Fritz nun wieder da war, der den Bruder ein wenig beaufsichtigen konnte. Selten jedoch konnte Fritz den Bruder erreichen. Wenn Fritz des Abends Schluss hatte, so war Paul meist längst ausgeflogen. Er hatte durchgehende Arbeitszeiten und kam schon um 4 Uhr heim. So sahen sich die Brüder selten.

Eines Tages, kurz vor Geschäftsschluss, rief Alfred Fritz von seinem Kontobuch, draußen stände sein Bruder, der wolle ihn sprechen. Schnell ging Fritz zu ihm hinaus. Paul bat den Bruder, heute Abend mit ihm zu gehen. Erfreut sagte dieser zu.

Seine Freude sollte jedoch nicht von langer Dauer sein. Paul eröffnete ihm nämlich, dass er in Berlin eine glänzende Stelle in Aussicht habe, die er am Ersten des kommenden Monats antreten werde. Und nach allerlei Flunkereien rückte er damit heraus, dass Fritz ihm doch etwas Geld leihen möchte. Fritz fragte, was denn der Vater dazu sage. Paul wusste aber geschickt zu vertuschen, dass ihm der Vater weitere Unterstützungen verweigert hatte.

Niedergeschlagen und bekümmert um den Bruder ging er heim. Er fand Alfred in ihrem gemeinsamen Schlafzimmer noch rege beschäftigt. Voller Freude zog er Fritz an das Waschbecken und weihte ihn in eine seltsame Entdeckung ein.

Das Becken war bis nahe an den Rand mit Wasser gefüllt. Neben dem Becken standen Ölfarben verschiedener Farbtöne. Viereckige Papierblätter, dunkle und helle, grobe und feine Sorten, lagen auf einem Stuhl, und in dem Durcheinander stand Alfred mit dem Pinsel in der Hand und offenbarte Fritz seine Kunst.

„Pass auf, Fritz, ich werde dir mal den Fall klarmachen!“, lachte er. „Ich werfe die verschiedenen Farben auf das Wasser, sie verbinden oder trennen sich je nach ihrem Ölgehalt und ihrer Zusammensetzung.“

Darauf nahm er einen Bogen Papier, legte es auf das bunte Wasser und zog es ab. Vor Fritz’ erstaunten Augen lag ein seltsam gemustertes Papier, das Alfred künstlerisch gemalt nannte, an dem Fritz aber nichts anderes als eine Eigenart entdecken konnte.

„Was soll denn mit den Blättern nun werden?“, fragte Fritz.

„Nun, die müssen in größerem Format gearbeitet werden und eignen sich dann als Bucheinband und für Kartonagen wunderbar. Das wird eine glänzende Neuerung."

Während Alfred seinem Freund zu erklären versuchte, wie vielgestaltig und originell die Bogen würden, wie viele Muster sich da ausprobieren ließen, erwog Fritz, wie sich diese Neuerung in den Geschäftsbetrieb einreihen würde. Er überschlug die Betriebskosten, rechnete und stellte Alfred all das vor.

Schließlich beschlossen die beiden, Herrn Gudelius zu bitten, ihnen einen Raum zur Verfügung zu stellen, wo sie weitere Versuche machen konnten.

Herr Gudelius zeigte sich geneigt, als er sah, dass Fritz ganz kaufmännisch und korrekt gerechnet hatte. Er gab „den Jungen", wie sie noch immer hießen, zwei Mansarden zur Ausübung ihrer Kunst.

Jetzt gab es wiederum ein Schaffen in unendlichem Eifer. Man lachte über die beiden, die jede Mittagspause, jede Abendstunde, ja, den ganzen Sonntag auf ihrer „Kunststube", wie Magda sagte, zubrachten.

Fritz war ganz Kaufmann bei dieser Sache. Beim ständigen Abziehen von Bogen wurde er nicht müde fortgesetzt Pläne zu schmieden, wie man den Betrieb sachgemäß einrichtete. Alfred probierte endlos Muster, hatte doch der Vater zehn Muster als das Mindeste zum Anfang bestimmt.

Hundert Bogen Bestand sollten von jedem Muster da sein, dann dürften sie es auf der Messe damit versuchen.

So gingen der Winter und der Frühling dahin. Die Sommermonate brauchte man dazu, Bücher mit den neuen Papieren einzubinden und Kartonagen überziehen zu lassen und alle Sachen in Ordnung zu bringen.

Herr Gudelius ging schon vor der Messe zu einigen Geschäftsfreunden und zeigte die Muster und die gebundenen Bücher. Sie fanden so vielseitiges Lob und guten Anklang, dass den Jungen noch eine dritte Mansarde zur Verfügung gestellt wurde.

Man nahm nun den Betrieb in vollem Maße auf. Es wurden mehrere Becken aufgestellt und Hilfskräfte zum Abziehen der Bögen herangezogen. Das Geheimnis der Muster beruhte nicht in dem Aufwerfen der Farben, sondern in der sachgemäßen Mischung und richtigen Abmessung des Quantums.

Fritz hatte den Betrieb kaufmännisch organisiert, die Preise festgesetzt, Lieferungsbedingungen tippen lassen und Musterbücher gefertigt. Am Tag, bevor die Hilfskräfte anfingen – es war der letzte Augusttag –, führten die Jungen den Vater und Haurisius in den ordnungsgemäß eingerichteten Betrieb.

Da standen im ersten Raum die Arbeits- und Probierbecken, Farbtöpfe in Reih und Glied; ein Schrank, in dem Alfred die Tuben und Öle aufbewahrte, war abgeschlossen; Stöße unbearbeiteter

Papiere, nach Farben und Qualität auf Regalen geordnet, alles in tadellosester Ordnung. Links führte eine Tür in den Trockenraum. Mell hatte „den Jungen“ lange Stangen zum Aufhängen angebracht. Auch hier herrschte peinlichste Ordnung. Das war Fritz zu verdanken. Alfred war kein Freund vom Selbermachen, er überließ die Kleinarbeit gern anderen.

Rechts vom Arbeitsraum waren die Regale für die fertigen Papiere, ein langer Tisch zum Sortieren und sonstige Geräte. Alfreds ehemaliges Arbeitspult aus der Schulzeit fand hier praktische Verwendung.

„Was ist in dem Pult?“, fragte Gudelius und wollte es sehen.

„O, Fritz meinte, ich solle mir von jedem Muster die Quanten fürs Hundert notieren. Falls mal Nachbestellungen kommen, trifft man schließlich sonst die Farbe nicht so genau“, erklärte Alfred.

Haurisius musterte aufmerksam die fertigen Bögen. Jetzt wandte er sich um und bemerkte: „Sie müssen die Sachen dann aber gut unter Verschluss halten.“

„Natürlich! Aber warum? Ich verliere sie nicht, dafür sorgt Fritz schon.“

„Nun ja – verlieren – aber wenn mal der Zufall will, dass die Angestellten mal hier oben sind, da könnten doch–“

Fritz lachte. „Der Zufall will gar nichts, Herr Haurisius, Gott will! Da hilft kein Schloss! Zudem, wenn ich von Ihrem Standpunkt aus reden soll, noch vor der Messe lassen wir den Namen der Papiere schützen."

„Wie sollen sie denn heißen?"

„Alfri-Papiere", erklärte Alfred und legte klar, dass das „Alfred-Fritz" bedeute.

Man lachte, plauderte in bester Laune und ging hinunter.

„Heute kann ich noch alles offen lassen", sagte Alfred im Gehen, „morgen wird abgeschlossen."

„Vor allem das Pult, nicht wahr, Herr Haurisius?", lachte Fritz.

Eigentlich war es Fritz gar nicht so wohl zumute. Er fühlte sich unglücklich, weil er solange schon die Bibelstunden in dem Jünglingskreis vernachlässigt hatte. Er hatte seine ganze Kraft in den Dienst des Mammons gestellt. So kam es ihm jedenfalls vor. Er empfand das umso mehr, als vor einigen Tagen sein Bruder Paul aus Berlin zurückgekehrt war. Paul hatte ihn aufgesucht und ihm mitgeteilt, dass er Schulden habe. Der Vater schicke längst nichts mehr – er könnte wohl auch nicht gut. Er hatte sein Geld im Geschäft stecken und konnte nicht ganz so, wie Paul es gefallen hätte. Nun war die einzige Rettung für ihn Fritz.

Erst hatte Paul allerhand daherflunkern wollen; aber Fritz hatte ihm gesagt, dass er ihm nicht zu einem Pfennig verhelfen würde, wenn er ihm nicht die volle Wahrheit gestehe.

Paul gestand, dass er getrunken hatte auf Kosten irgendeines losen Freundes. Nun sollte er bis spätestens zum 6. September das Geld beschaffen:

4.000 Mark. Er konnte das doch dem Vater nicht sagen! 4.000 Mark! Aber Fritz konnte es sicher beschaffen. Alfred Gudelius war ja sein Freund, der Kommerzienrat Gudelius sein Gönner.

Fritz ging es wieder wie mit den Schuhsohlen. Er hatte Jesum verleugnet, Jesum verleugnet vor den „Alfri"-Papieren. Jetzt fiel ihm das Bitten schwer.

Mühsam, gequält betete er. Dann ging er zu Alfred und fragte ihn, ob er ihm wohl 4000 Mark auf Abzahlung geben könne.

Nein, Alfred konnte es nicht. Der Vater ließ ihn nicht eigenmächtig an sein Geld. Fritz Neumanns Konto, von seinem Gönner eingerichtet, war bis zum vollendeten 24. Lebensjahr gesperrt. Er wurde erst 23 in ein paar Wochen.

Fritz beriet mit Alfred, ob man den Vater bitten solle; Alfred schüttelte den Kopf. Ja, wenn es wirtschaftliche Not wäre! Aber so versoffenes Geld – nein! Vielleicht Haurisius, schlug Alfred vor.

Haurisius hörte die Sache an. Hm, Alfred wollte bürgen? Hm, ja, er hätte es vielleicht gekonnt, aber es war so 'ne Sache. Er schlug es schließlich aus.

Nach dem heiteren Beisammensein war Fritz doppelt traurig zumute. Der Termin rückte heran, und er sah keine Aussicht, Geld zu bekommen. Ob er nicht doch einmal bei Gudelius den Versuch machte? Ruhelos wälzte er sich auf seinem Lager. Schließlich stand er auf, ging in das Arbeitsstübchen und wollte nach seiner Bibel greifen. Er fand sie nicht an ihrem Platz. Ach, sie war sicher in der Tasche des Sommermantels von Alfred. Er hatte sie mit unten gehabt, um den Rücken neu heften zu lassen. Es war die alte Bibel, die er schon in der Sonntagsschule gehabt hatte.

Der Sommermantel hing an der Garderobe. Fritz knipste auf der Diele das Licht an, um in dem schmalen Flur, wo die Garderobe stand, sehen zu können. Da meinte er oben eine der Mansardentüren gehen zu hören. Er stutzte und horchte auf. Knackte nicht die Treppe? Huschte nicht ein leichter Schritt die Stufen hinunter?

Du liebe Zeit, es war ja Unsinn, im Dunkeln! Ausgerechnet die Mansarde, wo nebenan die Mädchen schliefen! Da oben gab es doch gewiss nichts zu stehlen! Fritz musste über sich selbst lachen und ging, seine Bibel zu suchen.

Richtig, in der Tasche war sie noch. Fritz las, in der Diele stehend, das trostreiche Wort, dass des Gerechten Gebet viel vermag, wenn es ernstlich ist.

Da warf sich der sonst so glaubensstarke, jetzt wankelmütig gewordene Fritz Neumann auf die Knie. Wie damals, so bat er auch jetzt um Verzeihung, dass er nicht treu gewesen war und dass er Jesus verleugnet hatte. Glaubend bat er um Hilfe in der Not seines Bruders und vor allem um seines Bruders Seele. Dann kam der Morgen. Froh ging Fritz an seine Arbeit. Noch einmal innig betend, wurde er Herr über die Arbeit, deren Sklave er die letzten Wochen war.

Die Sorge drückte dennoch, wenn er auch schon froher geworden war. Er vertraute, aber es war doch nicht ganz einfach, als er Paul am 4. September sagen musste, dass er keine Aussichten habe. Paul war verzweifelt und sagte, er wolle sich das Leben nehmen und dergleichen mehr. Da kam in letzter Stunde die Hilfe.

Pauls Gläubiger wollte kommen, um sich sein Geld zu holen. Auf dem Weg zum Bahnhof stürzte er unglücklich und wurde von einem Lastkraftwagen überfahren. Er war sofort tot. Angehörige hatte der Mann nicht und der Anspruch wurde von keiner Seite geltend gemacht.

Am Morgen des 6. Septembers erhielt Paul die Nachricht von einem Kollegen, der von Pauls Schuld nichts wusste. Überwältigt von den Empfindungen, die auf ihn einstürmten, eilte er zu Fritz, den er bei seiner Arbeit traf.

Es war, als sei ein Wunder geschehen.

So war die Schuld getilgt. Und Fritz vertraute Jesus, dass Er auch die Sündenschuld des Bruders tilgen würde.

Reges Leben herrschte in den Messplätzen, treppauf, treppab. In den Gängen drängte und zwängte es sich. Die Aussteller drängten mit Musterkoffern und Paketen aneinander vorbei. Lachen erklang und Fluchen und das Hasten wollte kein Ende nehmen.

Alfred hatte seine ganzen Kostbarkeiten sorgsam dekoriert. Auf dunklem Untergrund lagen die Bücher und Kästchen, geschmackvoll geordnet, und die Mappen mit den Musterbogen lagen auf kleinen Seitentischen.

Weder Fritz noch Herr Gudelius konnten etwas Besonderes daran finden. Gewiss sah es ganz hübsch aus, aber dass es hohen künstlerischen Wert haben sollte, das wollte ihnen durchaus nicht einleuchten.

Am späten Nachmittag, als Fritz ins Geschäft zurückgekehrt war, kam auch Haurisius, um sich die Sonderabteilung der Firma anzusehen. Gudelius zeigte ihm lachend die „Alfri"-Ecke, aber Haurisius war offensichtlich etwas zerstreut. Er nahm den Chef auf die Seite und flüsterte erregt: „Haben Sie die Auslagen der Firma Pettrich & Reusch gesehen? Nein? Dann kommen Sie, wir werden im Vorbeigehen genügend sehen können."

„Was haben die denn? Ist doch durchaus keine namhafte Konkurrenz", meinte Gudelius.

„Sie werden sehen, Sie werden staunen, sage ich Ihnen! Ich bin einfach sprachlos."

Man ging den Gang entlang und die Treppe hinunter. Im Hauptgang, der Tür ganz nahe, war das Firmenschild „Pettrich & Reusch". Und da – ja, was war das? Da lagen auf dem Tisch, gleich vorne, jedem Vorübergehenden sichtbar, in bunte Muster gebundene Bücher. Bücher, in „Alfri"-Papiere gebunden. Über dem Tisch hing ein Schild: „Reusch-Papiere, handgefertigte Künstlerpapiere für Bucheinband und Kartonagen. Alleinige Hersteller Pettrich & Reusch".

Bei näherem Hinsehen sah Gudelius erbleichend, dass es Alfreds Muster waren, Bogen für Bogen, zehn an der Zahl.

Unauffällig entfernte man sich wieder. Durch die leerer werdenden Gänge eilte Gudelius nach oben. Er hörte nicht, was sein Prokurist neben ihm sagte. Er eilte die Treppe hinauf, ohne sich umzusehen. In seinen Augen glühte der Zorn.

Alfred hatte eben noch ein letztes Fältchen der dunklen, als Untergrund dienenden Decke zurechtgelegt, als der Vater zurückkam.

„Hast du es gesehen?“, fragte der Vater kurz.

„Nein – ja, was eigentlich?“

„Pettrich & Reusch!“

„Nein, was ist damit?“

„Geh hinunter, dann will ich dich fragen, was damit ist.“

Haurisius sagte, als der Sohn fort war: „Was soll man davon halten, wenn ein Mensch sagt: Der Zufall will nichts, Gott will! Was soll man sagen, dass es dieselben, aber auch ganz genau dieselben Farbtöne sind!“

„Haurisius, wer in aller Welt soll die Rezepte gestohlen oder abgeschrieben haben? Die da oben an den Becken sitzen haben keine Ahnung wo sie sind, und sonst weiß es nur Fritz und Sie.“

Der Prokurist zuckte die Achseln. „Man kann nie wissen. Ich bin der Letzte, der einen Verdacht laut werden lässt.“

„Verdacht? Quatsch, es kämen ja nur zwei in Frage: Fritz und Sie.“

Haurisius spielte nervös mit seiner Uhrkette. „Sie wissen, was Sie von mir zu halten haben!“

„Sie sind ein Esel, Haurisius! Dass Sie es nicht gewesen sind – na, nun machen Sie doch keine Geschichten, ich kenne Sie doch! Sie sind mir doch vertraut wie ein altes Möbelstück! Ja, und Fritz –"

Alfred stürzte atemlos herein. „Da hat einer die Rezepte! Ich lass mich totschlagen, da hat einer die Rezepte! Genau wie meine, ganz genau! Das matte Violett, genau so klar und fein abgezeichnet, genau so rein abgetönt. Aber wer kann denn das getan haben? Und warum?"

„Um Geld damit zu verdienen."

„Ja, ja, aber wer – wer – wer? Sagt mir um alles in der Welt, wer?"

Mit bedeutsamen Blicken von einem zum anderen zuckte Haurisius wieder die Achseln.

„Ob Fritz es schon weiß?", meinte Alfred wieder.

„Hm – fragen."

„Ach, dann hätte er es längst gesagt!"

„Ich habe es auch eben erst gesehen", ließ sich Haurisius wieder hören.

„Sag, Alfred, wo hast du die Rezepte?"

„Oben im Pult. Es ist aber doch abgeschlossen, und ich allein habe die Schlüssel."

„Du hattest aber nicht immer abgeschlossen. Auch eine Mansarde hast du offen gelassen."

„Nein, Vater, das habe ich nicht. Die Mansarde war stets geschlossen, es ist ja nur ein ganz einfacher Schlüssel. Aber das Pult war offen, solange kein Fremder hinaufkam."

„Wer sagt dir denn, dass kein Fremder hinaufkam? Wer sagt dir das denn? Wer ist denn ein Fremder?“

„Na, etwa die Angestellten – Sie natürlich nicht, Herr Haurisius!“

„Und – und – Fritz – ?“ Langsam sagte es der Vater.

„Fritz? Fritz? Wie – Fritz? – Das ist doch mein Freund, mein bester, mein einziger innigster Freund! Fritz ist doch kein Fremder!“

„Hm – er konnte aber an das Pult, er allein!“

„Vater! Vater, sag das nicht wieder! Sag das nicht noch einmal! Nein, nein, das ist Verleumdung! Es ist Sünde, so etwas nur zu denken! Fritz! Fritz? Vater, wie kommst du nur darauf!“

Die beiden Männer zuckten die Achseln.

„Komm, lass uns gehen, wir ändern es nicht mehr!“ Der Vater nahm den Hut und schloss die Tür des Standes zu. Die Gänge waren ganz leer geworden. Noch einmal ging man an der feindlichen Firma vorüber. Die Herren wollten wohl gerade gehen. Sie sahen Gudelius an, den sie flüchtig von früheren Messen kannten, und grüßten kurz, höhnisch, wie es den dreien schien. Draußen sprach man kaum. Gudelius wies seinen Sohn nur noch an, Fritz unter keinen Umständen etwas merken zu lassen.

Der Sonntag brach an – der erste Messetag. Fritz fühlte sich gar nicht recht wohl in dem Getriebe so am Sonntag. Es fiel ihm ein, wie wenig er eigentlich die ganze letzte Zeit den Tag des Herrn als solchen geachtet und genützt hatte. Er merkte auch, dass in der Familie eine gewisse Spannung herrschte, dass

Alfred so sonderbar still und der Chef kurz angebunden, fast barsch zu ihm seit gestern Abend war. Er schob es bei Alfred auf die Erregung, die die ausgestellte Neuheit mit sich brachte. Er selbst war ja auch in riesiger Spannung wegen des Ereignisses. Und der Chef? Nun, ja, er hatte in diesen Tagen so viel zu denken, da ging einem die Freundlichkeit wohl in die Brüche. Schon sehr früh waren Alfred und sein Vater fortgegangen. Fritz wollte sich ihnen anschließen, aber man bedeutete ihm, dass er in einer Stunde nachkommen solle.

Nun war er auf dem Weg durch die bunte, hastende, lärmende Menge. Ausrufer und Schilderträger drückten sich aneinander vorbei, Straßenbahnen läuteten unablässig, dumpf tuteten die Autos dazwischen. Trotz der Morgenstunde war kein Vorwärtskommen. In den Messepalast eintretend, bemerkte er, dass sich an einem Stand nahe der Tür einige Käufer in eifrigem Gespräch befanden, und hinter sich hörte er jemanden sagen: „Pettrich & Reusch haben Künstlerpapiere für Bucheinbände erstmalig auf den Markt gebracht. Kommen Sie, dort!"

Weiter hörte Fritz nichts. Er stürzte vorwärts nach dem genannten Stand und drängte sich zwischen die Schaulustigen und sah in namenlosem Entsetzen Alfreds Papiere, Muster für Muster, bunt und lockend, eins wie das andere, genau, haargenau!

Aber da war auch schon der Kaufmann in Fritz Neumanns Nähe. Nach dem Aussteller sich umwendend, fragte er: „Die Preise, mein Herr?"

Angesichts des gar jugendlich erscheinenden Interessenten musterte der Angeredete spöttisch den Fragenden und sagte: „Bitte, dort liegen Preise und Bedingungen aus." Das Messeabzeichen entdeckend, fuhr er fort: „Sie sind ja als Aussteller da. Überlassen Sie doch das Einholen der Preise Ihrem Einkäufer. Ich kann nicht vermuten, dass Sie dazu angestellt sind."

Fritz warf den Kopf zurück. Er hatte bereits die Preise angesehen. In die Tasche greifend und seine Karte zwischen den Fingern haltend, sagte er: „Bitte, wie viel können Sie liefern? Wir sind nicht Selbstverbraucher – etwa 5.000 Stück pro Muster?"

„Das wären 50.000! Mein Herrchen, holen Sie erst die Genehmigung Ihres Chefs!"

„Bitte, wie viel können Sie sofort liefern? Und in welchen Zeitabständen mehr?", fragte Fritz unbeirrt weiter, mit der Visitenkarte, die zugleich den Firmenaufdruck enthielt, nachlässig spielend.

„Haben Sie Prokura?", lachten die Herren belustigt.

„Ich möchte meinem Chef genau Auskunft geben können. Ich weiß, er hat Interesse daran."

„Na ja, wir können Ihnen sofort pro Muster 500 Bogen liefern und jeden Monat erneut 500 Bogen pro Muster."

„Werden Sie auch neue Muster haben?"

„Höchst wahrscheinlich! Das können Sie dann erfahren!"

„Ich danke Ihnen! Darf ich noch ein Musterbuch mitnehmen?"

„Gewiss, und nun bitte, Ihre Firma! Das ist gewöhnlich das Erste!“

Fritz Neumann legte ohne ein weiteres Wort die Karte auf eins der Tabletts und ging, nicht ohne sich umzublicken, um die Wirkung zu sehen. Sie war, wie er erwartet hatte.

„Dieser dreiste Mensch – einen auszufragen!“, hörte er noch und eilte zu dem Stand der Firma Gudelius.

„Alfred, unten die Firma Pettrich & Reusch –“

„Ich weiß – und Papa auch – es ist mir rätselhaft!“

„Sie verkaufen 25 Pfennig billiger pro Bogen – und hier ist ein Musterbuch! Sie können 500 Bogen sofort liefern und monatlich 500 von jedem Muster.“

„Woher weißt du das?“, herrschte Gudelius den Erregten an.

„Ich habe gefragt, ganz dumm gefragt, quasi als Interessent. Ich habe gesagt, ich möchte meinem Chef genau Auskunft geben können.“

„Und sie haben dir alles gesagt?“

„Ja doch! Ja! Wie sollen wir die Preise einrichten?“

„Kümmere du dich nicht darum, das weiß ich selbst am besten. Jetzt kannst du beten gehen meinetwegen. Wir brauchen dich hier nicht.“

Fritz stand da und wusste nichts zu sagen. Was sollte das denn heißen? Hatte es den Eindruck gemacht, dass er heute nur ungern hier war? Er konnte gar nicht klug daraus werden, was seinen Gönner plötzlich so grob und unfreundlich zu ihm stimmte. Wie hatte er daran gearbeitet, um das Seine an den „Alfri“-Papieren getan zu haben! Wie viele freie Stunden hatte er geopfert! Nun ließ man ihn nicht den Erfolg sehen!

„Herr Gudelius, bitte –“

„Geh, du – du Frommer – geh beten, sage ich! Ich will dich nicht noch einmal hier sehen – heute!“

Da ging Fritz traurig und still hinaus in die lärmenden Straßen. Während er, bedrückt durch das

Gewühl, den stilleren Straßen zuschritt, gab es eine erregte Debatte am Stand Gudelius.

„Was sagen Sie, Herr Gudelius? Ist die ganze Sache nicht höchst verdächtig? Er weiß genau Bescheid um die Preise und über die Lieferung. Er hat bereits ein Musterbuch. Wirklich, höchst verdächtig!"

Gudelius zuckte die Achseln, aber Alfred fuhr auf: „Nein, das ist nicht verdächtig! Sieht Fritz ganz ähnlich, sich gleich nach allem zu erkundigen. Das spricht nur für sein Interesse am Geschäft."

„So – so – rede doch kein so dummes Zeug, Junge! Wo ist er denn herumgelaufen seit drei bis vier Wochen fast jeden Abend? Womit hat er sich denn die Zeit vertrieben? Warum denn vorher der übergroße Eifer? An jenem Abend die Bemerkung: ‚Der Zufall will nichts.' Hat euer Gott das alles wohl gewollt?"

„Vater, du solltest Fritz einfach fragen, glatt weg und ohne Hehl. Er würde dir Rede stehen, oder du würdest zumindest merken, ob er lügt. Aber er lügt nicht! Vater, seit zehn Jahren kennen wir ihn nun und ich frage dich: „Hat er dir je eine Lüge gesagt?"

„Das kann man gar nicht wissen, Herr Alfred!", fiel Haurisius ein. „Wenn er immer die Wahrheit gesagt hat, so ist das ja anzunehmen, dass er nicht mit klarem Auge lügt. Aber wer bürgt denn dafür, dass er nicht doch hier und da geflunkert hat? Wer einmal so dreist ist und die Muster verkauft, der kann es auch leugnen."

„Sie kennen ja Fritz gar nicht, Herr Haurisius! Sie konnten ebenso gut an die Rezepte wie Fritz."

„Dummer Junge, schweig!", brauste Gudelius auf. „Jedenfalls bürge ich eher für Haurisius als für den von der Straße aufgelesenen –"

„Du hast ihn aufgelesen – und du hast ihn immer geschätzt. Du lässt dich aufhetzen."

„Schweig, sage ich! Ihr mit eurer Beterei steckt voll Heuchelei. Letzten Endes steckt ihr unter einer Decke."

„Jedenfalls bürge ich für Fritz!"

„Und du nimmst zurück, was du eben Herrn Haurisius gesagt hast!"

„Was habe ich denn gesagt? Herr Haurisius könne ebenso an die Rezepte wie Fritz. Das ist doch der Fall. Wenn du Verdacht auf Fritz hast –"

Haurisius war kreidebleich geworden. „Herr Gudelius, das ist zu viel! Das lasse ich mir nicht bieten!"

„Lassen Sie doch den Jungen schwätzen! Also, Alfred, jedenfalls ist mein Verdacht umso mehr verstärkt, je mehr du ihn verteidigst. Jetzt nimm zurück, was du gesagt hast, oder ich ohrfeige dich hier öffentlich und schere mich nicht um deine 23 Jahre!"

Alfred presste die Lippen zusammen. Er bebte vor ohnmächtiger Wut. Wenn er jetzt doch hätte beten können! O, wenn er hätte beten können! Aber sein Mund war wie zugeschnürt und seine Seele wie verdunkelt. Eben jetzt traten auch einige Käufer ein, die von einem zum anderen blickten, fragend und suchend.

Gudelius wandte sich an die Eingetretenen. Alfred aber stand mit zornfunkelnden Augen Haurisius gegenüber, der noch immer kreidebleich war.

Kein Wort kam über seine Lippen. Er dachte an Fritz, der wohl sagen würde: Schlagt mich, aber meinen Freund verrate ich nicht! Und er?

Der Vater hatte die Käufer bedient, und ehe sich neue einstellten, sagte er scharf: „Ich gebe dir zwei Minuten Zeit – verstanden?"

O, diese zwei Minuten! Sie waren schlimmer als der Sonntag, an dem er, von Fritz verprügelt, dass das Blut lief, ihn um Verzeihung bitten sollte. Denn diesmal fühlte er sich zu sehr im Recht, und obendrein war es Verrat. O, diese zwei Minuten! Alfred stöhnte.

„Ich – nehme – alles zurück – Herr Haurisius – Verzeihung!"

Das waren Tage!

Alfred ging umher wie ein Zerschlagener. Er würdigte Haurisius keines Blickes. Dem Vater gegenüber war er verschlossen und Fritz mied er ängstlich.

Fritz suchte im Geschäft zu vergessen, dass man ihn heimgeschickt hatte und dass man ihn keine Zahl, keinen Erfolg wissen ließ. Er arbeitete mehr denn je, bemühte sich freundlich zu sein und gefällig und wusste sich das Verhalten Alfreds nicht anders zu deuten, als dass die ganze Messe ein Misserfolg bedeutete, der ihn und den Chef niederschlug.

Ein Glück, dass man sich nur zu den Mahlzeiten sah und dass Magda und Frau Hella noch ein kleines Gegengewicht gaben. Die beiden fühlten wohl, dass eine Spannung zwischen den Männern lag, aber sie konnten sich das nicht erklären. Gudelius hatte Alfred streng untersagt, auch nur das Geringste merken zu lassen. Erst wollte er Beweise in den Händen haben, ehe er direkt vorging und Fritz zur Rede stellte.

Alfred glaubte nach wie vor den Vermutungen und Verdächtigungen nicht. Wenn Fritz ein schlechtes Gewissen hätte, so würde man das längst gemerkt haben. Dass Fritz all die Abende nicht anwesend war, kam ihm nicht verwunderlich vor. Er kümmerte sich eben um seinen Bruder Paul, zumal man ihn merken ließ, dass seine Anwesenheit augenblicklich nicht sonderlich erwünscht war. Er wagte nicht Fritz in die Augen zu sehen. Fritz war so freundlich, so gut und treu! Es schnitt Alfred ins Herz, wenn er daran dachte, dass Fritz, der treue Fritz, so schnöde verdächtigt wurde.

Gudelius war auch nicht sehr wohl zumute. Aufträge waren ja genug hereingekommen, aber ihn verfolgte stetig der Gedanke des argen Verdachtes. Wenn er nur gewusst hätte, wie er Fritz aus dem Haus bekommen sollte! Es war ihm widerlich, zu denken, er könne gestohlen haben und der Dieb sitze mit ihm am gleichen Tisch. Der andere Gedanke, dass er den Jungen zu Unrecht verdächtigt haben könnte – und dann den klaren Augen gegenüber! Beides war gleich peinlich, und Gudelius fand es ratsam, sich seiner so lange zu entledigen, bis der Fall geklärt war. Man konnte, wenn er weg war, ungestört der Spur nachgehen, konnte forschen. Beweise finden. War er schuldig, nun, so mochte er bleiben, wo er war; war er schuldlos, konnte er gern wiederkommen.

Haurisius hatte ihm diesen Gedanken beigebracht. Haurisius stand ganz auf seiner Seite und war der Ansicht, dass man der Sache am besten auf den Grund komme, wenn Fritz nicht da sei.

Zwischen den aufgestapelten Kisten und Ballen, die im Treppenhaus und auf den Gängen herumstanden und lagen, schlängelte sich Gudelius hindurch, in missmutige Gedanken versunken. Es war letzter Messetag, und die meisten Aussteller waren mit Abreisen beschäftigt. Da hörte Gudelius seinen Namen rufen. Als er sich umwandte, erkannte er einen überschlanken, glattrasierten Herrn, der auf ihn zukam.

„Good day, Mister Gudelius! How do you do?" Lachend streckte er ihm die Hand entgegen.

„Ah, Mister Johnstown! Wir kennen uns also noch! Warum haben Sie uns nicht einmal aufgesucht?"

„Ich war nicht zur Messe hier. Komme eben von Paris, da stimmt was nicht ganz. Bei der Gelegenheit wollte ich auch Deutschland mal mitnehmen."

„Kommen Sie mit mir! Meine Frau hat sicher Frühstück für zwei."

„Tut mir leid, habe noch eine Besprechung um 12:30 Uhr. Und mein Zug nach Hamburg geht 2:18 Uhr. Sie müssen schon verzeihen! Was machen denn die Lehrjungen von Anno dazumal? Alfred hat eine pompöse Entdeckung gemacht, wie?"

„So, haben Sie gehört?"

„Ja, ich habe es in der Buchhändlerzeitung gelesen. Ihr Sohn hatte immer mehr Interesse für Kunst als für das nüchterne Geschäftsleben. Der Fritz dagegen –"

„Hm, das stimmt, Fritz macht sich famos, nur – er braucht mal andere Luft, sozusagen. Ich meine im geschäftlichen Sinne. Die stete Zusammenarbeit mit Alfred bekommt ihm schlecht."

„Hören Sie mal, Gudelius, nun nehmen Sie mir das nicht übel, aber ich würde den frischen, geraden Menschen sofort wieder nehmen!"

„Gut, so nehmen Sie ihn!"

„Was? – Ja, ich nehme ihn, sofort, heute! Er kann meinetwegen mit mir fahren oder nachkommen. Aber Sie können nicht so direkt über ihn verfügen?"

„Das doch! Ich habe ihn lernen lassen und ein gewisses Verfügungsrecht über ihn. Er tut auch, was ich bestimme. Seine Eltern wenden auch nichts ein. Aber trotzdem möchte ich erst mit ihm reden."

„Gudelius, Sie sind ein Tor, Sie sollten sich den Menschen festhalten. Wenn Sie mal die Augen schließen, dann kann der Alfred in zwei Jahren das ganze Geschäft zusammenpacken mitsamt seiner Kunst. Er ist im Leben kein Kaufmann und wird auch keiner werden. Der Fritz dagegen, der hält den Kram auf einer anständigen Höhe. Wenn er Anlage zur Titelsucht hätte, er würde es im Handumdrehen zum Kommerzienrat bringen."

„Johnstown, ich will ihn ja auch nicht für immer weggeben. Nur mal – na – ich habe ganz private Gründe."

„Ah – so! Hm, ich entsinne mich, Sie haben eine Tochter. – Also gut, Sie teilen mir mit, was Sie ausgerichtet haben. Ich hoffe, ihn bald zu bekommen.

Ich zahle ihm an Gehalt ein Drittel, oder sagen wir die Hälfte mehr, als er bei Ihnen bekommt, weil in London teuer wohnen ist."

Nach ein paar Worten über Geschäftliches verabschiedeten sie sich.

Gut gelaunt kehrte Gudelius zurück. Das war ja ein glänzender Ausweg. Er war so gut gelaunt, dass er Fritz, der ihn um zwei Tage Urlaub bat, diesen sofort bewilligte, ohne nach dem Grund zu fragen. Den ganzen Tag war er guter Dinge. Am Abend, so hatte er sich vorgenommen, wollte er Fritz sagen, dass er mit seinen Eltern Rücksprache nehmen solle, ob sie nichts dagegen hätten, dass er nach London ginge zur Firma Johnstown, wo er gelernt hatte.

Allein, bis zum Abend sollte die gute Laune nicht anhalten.

In der Mittagspause hatte Fritz mit Alfred über die Wahrnehmung in jener Nacht gesprochen, als er nach seiner Bibel gesucht und sie in Alfreds Mantel gefunden hatte. Mit Bestimmtheit könne er, Fritz, nichts behaupten, aber die Sache käme ihm jetzt, da die Rezepte kopiert worden seien, seltsam und verdächtig vor.

Alfred hatte nun nichts Eiligeres zu tun, als dem Vater und Haurisius Bericht zu erstatten.

„Du siehst, Papa, Fritz wird ganz unschuldig sein!", schloss er den Bericht.

„Haha, du dummer Mensch!", lachte Gudelius. „Er will anfangen und vertuschen. Sei mir doch still! Jetzt fange ich an und glaube ernsthaft an seine Schuld. Er merkt anscheinend, worum es sich handelt. Was meinen Sie, Haurisius?"

„Ganz meine Meinung. Ich kann das nur als ein sehr ungeschicktes Verteidigungsmanöver ansehen."

„Warte ab, mein Sohn, und das nötige Beweismaterial wird dir die Augen öffnen über diesen ‚Freund'. Ich werde schon dahinterkommen. Hast doch nicht etwa geplaudert?"

„Nein, noch nicht. Aber ich meine, es wäre doch das Beste, man redete einmal ganz offen mit ihm darüber. Meinst du, er würde lügen? Nein, und tausendmal nein, er lügt nicht, er lügt nicht!"

„Ich nehme die Sache in die Hand und verbiete dir, nur ein Wort gegen irgendjemanden zu äußern." Damit war die Besprechung zu Ende.

Als Fritz am Abend das Handköfferchen für die kurze Reise fertigmachte, fragte Alfred erstaunt: „Wo willst du denn hin?"

„Nach Berlin. Ich sprach doch schon vorgestern mit dir darüber."

„Ach ja, ich weiß, du wolltest die Sachen deines Bruders regeln! Sag mal, hast du eigentlich das Geld bekommen?"

„Nein, der Gläubige ist verunglückt. Ich will sehen, auf wen das Recht übergegangen ist. Man kann das ja bei Behörden erfahren. Jedenfalls sind doch Verwandte da. Paul weiß zwar von einem dritten, dass niemand Anspruch erhebt, dennoch will ich mich überzeugen."

„Wann kommst du wieder?"

„Ich fahre morgen früh. Abends reise ich zu meinen Eltern und komme Montagmorgen wie gewöhnlich zum Dienst."

„Grüße deine Eltern, lieber Fritz – lieber, treuer Fritz!" Es überkam den Freund plötzlich ein unendliches Mitleid mit dem Verdächtigten, dass er nicht anders konnte, er legte den Arm um seine Schultern und lehnte sich an ihn. „Lieber, treuer Fritz, bleibe mein Freund!"

„Alfred, mein einziger Freund, bester Alfred, wie seltsam sprichst du! Bin ich dir einmal nicht treu geblieben?"

„Und wenn ich dir nicht treu bliebe?"

„Alfred, mein Freund, warum solltest du mir die Treue brechen?"

„O Fritz, lieber Fritz –!"

Der junge Mann vermochte nichts zu sagen. Plötzlich aufstöhnend, machte er sich los, ging aufgeregt im Zimmer auf und ab und atmete schwer.

„Fritz – Fritz – Fritz – o – Fritz!" Er schrie es fast. Dann presste er beide Fäuste auf den Mund und stöhnte, als ob ein körperlicher Schmerz ihn zum Wahnsinn peitschen wollte.

„Alfred, was ist mit dir, was hast du? Alfred, so rede doch, rede, was ist denn passiert? Menschenkind, quäl dich doch nicht so, ich bin doch dein Freund! Alfred, kannst du mir nicht vertrauen?"

Alfred rang. Die Hände geballt, starr vor sich hinstierend, die Zähne aufeinandergebissen, dass sie knirschten, so stand er regungslos da, ein Bild der Verzweiflung. Sein Körper bebte, ein Zittern lief über die Glieder. So verharrte er minutenlang. Fritz sah den Freund an. Er sah, wie er litt, maßlos litt. Was war nur los, ja, was nur?!

Da trat Gudelius ein, unvermutet, mit strengem Blick und harter Miene.

In Alfreds Miene löste sich die Spannung. Es schien, als ob die gestrafften Sehnen plötzlich erschlafften. Dann schlug er beide Hände vors Gesicht und stöhnte gequält noch einmal: „O – Fritz!"

Gudelius stellte eine ganz unwesentliche geschäftliche Frage und ging. Alfred aber wusste, wenn der Vater jetzt nicht gekommen wäre, er hätte reden müssen – um der Treue willen.

Am anderen Morgen fuhr Fritz nach Berlin, ahnungslos, nur in leiser Sorge um den Freund. Er fühlte sich schuldig an ihm. Ach, was hatte er doch versäumt in der letzten Zeit! Wie wenig hatten sie unter dem Schalle des Wortes Gottes gestanden! Wie war er innerlich selbst zurückgegangen! Ja, Stillstand war Rückgang! Bekam ihm der Wohlstand so schlecht? Wie stand er im Gebet? Rang er noch mit Gott wie damals als schlichter Laufjunge um die Seele seines Chefs? Flehte er noch um das Gedeihen von Magdas Wohltaten? Dankte er oft genug für alles Gute, was Gott ihm und seinen Eltern widerfahren ließ? Ach ja, es stand schlecht um ihn! „Weil du lau bist, will ich dich ausspeien aus meinem Munde!" Dies Wort kam ihm in den Sinn und er dachte, es könne für ihn wohl gelten. Ein Licht ging ihm auf, wie schläfrig er geworden war.

Fritz Neumann schämte sich. In Berlin erfuhr er dann, dass Pauls Gläubiger nur einen Bruder in Argentinien habe, dem sämtliche Papiere zugeschickt worden sind, unter denen sich jedoch kein Schuldschein befunden habe. Da gelobte Fritz, dem Bruder dennoch die Schuld zukommen zu lassen, nur um Aufschub wollte er bitten.

Den Eltern konnte er mitteilen, dass Paul am Ersten des folgenden Monats nach Hause kommen werde, um im väterlichen Geschäft Hand anzulegen. Um den brauchte sich Fritz nicht mehr zu sorgen.

Zehn Minuten vor 8 Uhr öffnete Herr Gudelius die Korridortür, um ins Büro hinunterzugehen. Genau in demselben Augenblick hatte Fritz die oberste Treppenstufe erreicht und zog mit sonnigem Schein im Gesicht grüßend den Hut. Gudelius erwiderte kaum den Gruß und ging hinunter.

Drinnen fand Fritz seinen Freund mit bleichem Gesicht. Auch Magda sah verstört drein und Frau Gudelius war nicht zu sehen. Fritz hatte sofort den Eindruck, dass etwas passiert sei. Er trat zu Alfred hin, legte die Hand auf seine Schulter und sah ihn voll an.

„Alfred, es ist etwas geschehen! Sag es mir doch, ich bin dein Freund!“

Da trat Magda herzu. Sie nahm Fritz’ andere Hand und sagte: „Fritz, sieh mich einmal an! Kannst du lügen?“

„Magda, mit Wissen und Willen nicht, nein!“

„Lieber Fritz –bete– bete für uns alle!“

„Ja, Magda, liebe, kleine Magda!“

Wie eigen er das sagte! Sie war ja gar nicht mehr klein! Sie war ja bald zwanzig Jahre alt! Und schlank und schön war sie!

„Komm“, sagte Alfred heiser, „es ist gleich 8 Uhr.“

Sie gingen hinunter, langsam, schweigend.

Im Hauptbüro wurden sie von Haurisius empfangen. „Bitte, kommen Sie beide eben mit hinüber“, sagte er kurz und ging in das Privatbüro voran. Beim Eintreten der drei steckte der Chef die Uhr in die Tasche und entnahm einer Seitenschublade einen Briefumschlag. Er nötigte Haurisius auf einen Stuhl, während er die jungen Männer stehen ließ.

Alfred bebte, als sollte er zum Tode verurteilt werden. Fritz sah, dass der Freund so angstvoll erschien und konnte sich dessen Unruhe nicht erklären. Worum es sich überhaupt handelte, wurde ihm gar nicht klar. Er brauchte nicht lange zu rätseln, denn Gudelius begann ein regelrechtes Verhör.

„Fritz Neumann, ich erwarte, dass du jede Frage beantwortest, als gelte es einen Eid. Ich muss einige Aufklärungen haben. Stehen Sie oder haben Sie jemals mit der Firma Pettrich & Reusch in persönlichem, privatem Briefwechsel gestanden?“

„Nein, Herr Gudelius, privat nicht.“

„So – geschäftlich dann also?“

„Ja, wir haben doch schon öfter an diese Firma geliefert. Sie können ja auch in den Büchern nachschlagen. Im Frühjahr machten sie noch eine größere Bestellung.“

„Sonst haben Sie nie damit zu tun gehabt?“

„Nein, Herr Gudelius!“

„So erklären Sie mir, was dieser Briefumschlag in Ihrem Tagebuch für das Geschäft macht!“ Drohend klang es.

Eine Falte stand auf Gudelius’ Stirn. Haurisius lächelte kühl und Alfred starrte zitternd von einem zum anderen. Fritz nahm den Umschlag. Er war mit der Maschine geschrieben und an die genannte Firma in Berlin adressiert.

„In dem Geschäftstagebuch?“, fragte Fritz verwundert, aber ohne Erregung.

„Ja, in dem Tagebuch, das du führst, das in deinem Pult liegt. Und weiter: Was tust du in Berlin?“

„Ich habe die Angelegenheiten meines Bruders –“

„So, der ist doch selbst groß genug, oder? Und woher ist das Geld gekommen, damit diese Angelegenheiten in Ordnung gebracht werden konnten? Da wird dem Alfred vorgeredet, der Gläubiger sei verunglückt. Mach solche Sachen deinen Sonntagsschülern vor, aber nicht einem erfahrenen Mann. Haha, da will man mich an Wunder glauben lehren! Lachhaft! Soll ich dir ganz einfach meine Meinung sagen? Ich denke, der Fall liegt ganz einfach, denn all die Gründe scheinen mir sehr sonderbar!“

„Aber inwiefern sonderbar? Erklären Sie mir das doch bitte, Herr Gudelius! Was meinen Sie nur? Ihre Rede ist mir geradezu rätselhaft!“

„So? Mir gar nicht! Dein Verhalten ist auch längst nicht mehr rätselhaft. Du warst in Berlin zwecks Rücksprache mit Pettrich & Reusch.“

„Wer sagt das? Das ist Unwahrheit! Sie können sich erkundigen, ob ich bei den Behörden nicht –"

„Ein Alibi wird schon da sein, mein Freund! Jedenfalls ist es merkwürdig, dass du sagtest, es könne trotz Schloss gestohlen werden. Merkwürdig auch, dass du dich kurz vor der Messe so viel um deinen Bruder kümmern musstest. Merkwürdig, dass du sofort Bescheid wusstest um die Geschäftslage der Firma. Merkwürdig, dass sich ein Brief an diese Firma in deinem Pult findet, während du in Berlin weilst, und das unmittelbar nach Beendigung der Messe, damit die Konkurrenz sogleich genau Bescheid weiß. Nun, ich habe meine Schlüsse daraus gezogen, mein Lieber!"

„Wie – was – Sie haben – Sie haben Verdacht?" Entgeistert starrte Fritz von einem zum anderen: von dem Chef zu Haurisius und zu Alfred, der neben ihm stand und bebte, als gelte es ihm.

„Wie du siehst, ziemlich fest begründeten. Die Beweise werden sich natürlich mit der Zeit einbringen lassen. Du wirst jedoch noch heute das Haus verlassen. Ich habe nach London an Johnstown geschrieben, dass du am 29. September mit dem Dampfer „Neckar" in London eintriffst. Du bekommst ein feines Gehalt und es ist dort für dich besser gesorgt, als du wert bist. Morgen Abend geht der Zug nach Hamburg. Den Pass kannst du dir heute noch besorgen, ich habe bereits telefonisch das Passamt gesprochen. Auch der Fahrschein ist bestellt. Du kannst sofort gehen, deine Koffer packen und alles ordnen. Bis morgen kannst du bei deinen Eltern bleiben. Vor meine Augen trittst du nicht wieder."

„Vater – nein, das ist unrecht, das ist hart und –“ stieß Alfred zitternd hervor.

„Schweig!“, schrie Gudelius.

Fritz stand wie gebannt da und starrte seinen Gönner an, dem er soviel Treue bewiesen hatte, den er liebte wie einen zweiten Vater und der jetzt so zu ihm sprach, so kalt, so herzlos, so ungerecht. Fritz brachte kein Wort über die Lippen. Es war ihm, als müsse das Ganze wie ein Traum sein, aus dem er gleich mit dumpfem Kopf erwachte.

Aber es war kein Traum. Nackte, kalte Wirklichkeit war es. Da er nun schwieg und sich nicht von der Stelle rührte, fuhr Gudelius fort: „Geh, ich will dich nicht mehr sehen, du Scheinheiliger, du Frommer, du Beter! Haha, da sieht man, wohin einer kommt mit seiner Frömmigkeit und mit dem ewigen Gebete! Geh, sage ich!“

Da wandte sich Fritz Neumann um und ging stumm hinaus.

Er blickte nicht nach rechts noch nach links, ging wortlos an den Pulten vorbei, kaum empfindend, was er tat, ging die Treppe hinauf und schloss die Tür auf. Er sortierte alle seine Habseligkeiten, holte seinen Koffer vom Boden und begann zu packen.

Vor Mittag war er schon fertig. Er ging an das Telefon, verband sich mit dem Kontor und fragte, wo er die Karten holen könne. Der Chef ließ durch Haurisius Bescheid sagen.

Fritz machte sich auf den Weg. Die nötigen Papiere und eine Fotografie in der Tasche, ging er zum Passamt. Das Telefongespräch des Chefs hatte Wunder gewirkt. Alles ging schnell und ohne Schwierigkeiten vonstatten. Es war Nachmittag und Mell half Fritz den Koffer fortzubringen. „Herr Neumann, ich will Ihnen mal ein offenes Wort sagen. Es will mir doch seltsam scheinen, dass Sie so schnell fort wollen. Als ob der Alte Sie ohne weiteres fort lässt! Da stimmt etwas nicht“, sagte Mell.

„Nein, Herr Mell, es stimmt etwas nicht! Sie werden es ja doch erfahren, darum kann ich ruhig schweigen. Was soll ich auch davon sagen? Gott wird den Beweis meiner Unschuld bringen.“

„Was soll man Ihnen denn zur Last legen, dass Sie so schnell fort wollen?“

„Ich soll fort, Herr Mell! Ich bliebe so gern, ach, so sehr gern!“

„Wenn ich's erfahre, Herr Neumann, ich sage Ihnen, am gleichen Tage kündige ich und gehe. Ich kenne Sie doch auch! Und der Alte, na, der war doch immer reinweg vernarrt in Sie. Wenn's eine Ungerechtigkeit ist, so gehe ich!“

„Tun Sie das nicht, Herr Mell, ich bitte Sie darum! Tun Sie das nicht! Wir können alle irren. Die Firma braucht jetzt besonders zuverlässige Leute, sonst könnten noch mehr derartige Fälle vorkommen, wie hier einer vorliegt, der mich in Verdacht gebracht hat.“

Fritz gab den Koffer nach Hamburg auf und schlenderte zurück, denn der Zug nach seinem Heimatörtchen fuhr erst in zwei Stunden.

Ob er es nicht doch hätte versuchen sollen, Gudelius von seiner Unschuld zu überzeugen? Jetzt wurde ihm auch Alfreds Verhalten klar und die ernste Miene Magdas. „Bete für uns alle!“, hatte sie gesagt. Er wollte hingehen und sich verabschieden. Die Frau, die so gütig war, die so freundliche Augen hatte, und das schlanke Mädchen, sie sollten beide noch ein Wort des Dankes hören für alle Güte, die ihm hier erwiesen worden war.

So stieg er die Stufen hinauf. Oben saßen die beiden im Wohnzimmer und nähten wollenes Unterzeug für irgendeine arme Familie. Als Fritz eintrat, wurde Magda bleich, und Frau Hella fragte gütig: „Fritz, warum kamst du heute Mittag nicht zum Essen? Will mein Mann dich nicht bei Tische sehen oder du meinen Mann nicht?“

„Das erstere ist leider der Fall! Sie werden wissen, dass ich nie mehr Ihr Gast sein werde!“

„Wie? Fritz, solange wird doch Papa für die Aufklärung nicht brauchen?“

„Ich weiß nicht, ich gehe solange nach England!“

„Fritz!“ Warum sah Magda so traurig aus? „Aber lieber Fritz, du solltest doch deshalb nicht –“

„Herr Gudelius schickt mich fort!“

„Fritz –!“

Es war still im Zimmer. Der Regulator tickte leise, und der Vogel im Bauer wetzte klingend den Schnabel an der golden glänzenden Stange. Und dann sagte Fritz leise – wie Tränen klang’s in seiner Stimme: „Mir wird das Scheiden schwer.“

Wieder war es still. Magda senkte den Kopf. Tränen tropften auf das Wollröckchen in ihrer Hand.

„Hat dir mein Mann nicht geglaubt?“

„Ich glaube, Frau Gudelius, allezeit in der Arbeit Treue bewiesen zu haben. Wer Taten nicht glaubt, der wird auch Worten keinen Glauben schenken.“

Seufzend nickte die freundliche Frau.

„Vertrauen Sie mir?“, fragte er dann.

„Ja, Fritz, ich vertraue dir!“, klang es warm.

„Ich danke Ihnen! Beten Sie für mich, wie ich auch Sie nicht vergessen werde!“

„Leb wohl, Fritz, Gott gehe mit dir!“

„Leben Sie wohl! – Leb wohl, Magda!“

„Ich bringe dich zur Bahn! Darf ich, Mama?“

Die Mutter nickte.

Unterwegs klagte Fritz: „Dass ich Alfred nicht noch sehen kann!“

„Er darf nicht. Papa will’s nicht.“

Die beiden gingen eine Weile wortlos nebeneinander, dann sagte Magda: „Fritz, behalte uns alle lieb und zürne Alfred nicht! Er durfte nichts sagen.“

„Nein, ich zürne ihm nicht und ich behalte euch lieb! Magda, dich besonders!“

Fragend sah sie ihn an.

„Ja, Magda, es ist so, und ich weiß es erst seit heute morgen: Ich habe dich lieb, sehr lieb! Es ist gut, dass ich fort muss, und es ist gut, dass du es weißt. Da hast du Zeit, zu erwägen, ob du wohl einmal mein sein möchtest.“

Da fasste sie seine Hand und sagte: „Wir wollen es Gott anbefehlen.“

Gegen Mittag kam Fritz in London an. Er kannte die Stadt noch genügend und seine Sprachkenntnisse reichten aus, um sich schnell zu orientieren. Noch vor Geschäftsschluss kam er bei der Firma an und fragte nach dem Chef.

Herr Johnstown empfing Fritz mit großer Liebenswürdigkeit. Als er hörte, dass Fritz noch nicht gegessen hatte, schickte er einen Lehrling in ein nahes Hotel, eine kalte Platte zu holen. Er eröffnete Fritz, dass er nicht hier wie früher arbeiten solle, sondern in einem neueingerichteten Betrieb, etwa zwei Stunden Bahnfahrt von London entfernt.

„Ich selbst kann Sie heute nicht mehr hinausbegleiten, aber ich will den Kompagnon eben anrufen und fragen, wo Sie ihn noch treffen können. Er war heute Morgen hier und fragte schon nach Ihnen.“ Nach kurzem Telefongespräch sagte Johnstown: „Also Sie fahren mit der Elektrischen zum Bahnhof. 4:06 Uhr fährt der Zug nach W. hinaus. Sie treffen Herrn MacMeans auf Bahnsteig 2. Da erfahren Sie auch alles Nähere. Greifen Sie jetzt zu, ich kann mich leider nicht länger aufhalten."

Fritz aß und dachte an die Zukunft. Er hatte so viele neue Eindrücke gewonnen, dass ihm die Heimat wie ein versunkenes Traumland erschien.

Er verabschiedete sich, nahm den Handkoffer und machte sich auf den Weg zum Bahnhof.

Mister MacMeans stand am Schalter des angegebenen Bahnsteigs. Er erkannte Fritz, der suchend und fragend um sich blickte, und sprach ihn an. Im Zug gab der neue Chef Fritz allerlei Informationen.

„Ich habe Ihnen in der Nähe des Betriebes in einer ersten Pension ein Zimmer gemietet. Die Kosten tragen wir. Sie werden dort eine Menge netter junger Leute treffen, meist Kaufleute und Beamte. Die Verpflegung ist erstklassig. Sie sind verwöhnt durch das Haus Gudelius?"

„Ich habe es immer sehr gut gehabt, ja, aber ich bin gern mit Sauberkeit zufrieden, und wenn ich satt werde, darf es gern einfach sein."

„Mister Johnstown kennt Sie ja von früher und rühmte Ihre Anspruchslosigkeit. Übrigens ist die Lage in Bezug auf das Geschäft sehr günstig. Wenn Sie jedoch zur City wollen, ist's ein weiter Weg. Ich benutze meist das Auto. Zeit ist Geld!"

In einer Gesprächspause kam Fritz plötzlich auf den Gedanken, dass er in der Woche wohl gar keine Gelegenheit finden würde, den Jünglingskreis, den er früher so gern besucht hatte, aufzusuchen. Wenn er um 4 Uhr Dienstschluss hatte, ging er zum Essen und konnte sich wahrscheinlich kaum vor 5 Uhr auf den Weg machen. Wie lange dauerte wohl die Fahrt? Er musste sehen, in den Vororten Anschluss zu bekommen.

Mister MacMeans ging zum Geschäftlichen über. Fritz betrachtete dabei den gegenübersitzenden Chef einmal genauer. Er war ein schlanker Herr, mit glattem Gesicht, der ausgesprochene Typ eines Engländers. Sein Äußeres war sympathisch. Das lag besonders an seinen Augen. Sie hatten etwas Mildes, einen warmen Glanz, der dem Mann etwas Väterliches gab, ohne weichlich zu wirken. Unwillkürlich musste Fritz an Gudelius denken und vergleichen. Der Mann war eine Doppelnatur. Im Geschäft war er unerbittlich streng und genau, auch gegen ihn und Alfred. Daheim jedoch konnte er eine Gemütlichkeit entwickeln. Da konnte er lachen und froh sein, als wäre er keines harten Wortes fähig. Gewiss hatte er auch als Chef seine „gute Stunde“, wo er etwas gewährte, was er gewöhnlich nicht billigte, aber das war selten. Und nie sprach er mit einem Angestellten in so warmem Ton wie dieser Mann.

Nachdem man den Zug verlassen hatte, gab es noch eine Fahrt mit der Straßenbahn von einer knappen halben Stunde. An der Endstation stieg man aus und Fritz sah sich einem Gebäude gegenüber, das aus roten Backsteinen gebaut war. Über der Einfahrt stand in großen Lettern die Firmenaufschrift: „Johnstown, MacMeans & Co.“

„Hier werden Sie Ihren Posten auszufüllen haben“, wandte sich der Begleiter an Fritz. „Fünf Minuten weiter ist Ihre Pension.“

Sie bogen um zwei, drei Straßenecken und befanden sich dann in einer mit Linden bepflanzten Straße. Vor einem Hause dieser Straße machte der Herr halt. „Da sind wir. Richten Sie sich gut ein. Auf Wiedersehen morgen früh!“

Für Fritz begann jetzt eine seltsame Zeit. Er fand ein behagliches Zimmer vor, dessen beide Fenster Aussicht in den Garten boten. Durch einen Vorhang war es geschickt in Wohn- und Schlafraum geteilt. Die unteren Räume – Speisesaal, Bibliothek, Rauch- und Wohnzimmer – waren zu gemeinsamer Nutzung da. Hier trafen sich die Pensionäre des ganzen Hauses zu froher Unterhaltung. Aber so freundlich und einladend der Kreis auch war, Fritz gesellte sich nur sehr selten zu ihnen. Er vermisste die innere Gemeinschaft, die Gleichgesinntheit im Glauben.

Es war so, wie er bei seiner Ankunft befürchtet hatte. Er konnte bei den vielseitigen Veranstaltungen in der Woche in dem Kreis der früheren Glaubensfreunde nie dabei sein. Sein Besuch der Gottesdienste beschränkte sich auf den Sonntag. Er empfand es als großen Mangel, dass er so die ganze Woche auf sich selbst angewiesen war.

Der Dienst war sehr angenehm. Zwar kam er wenig mit seinen Kollegen zusammen, hatte vielmehr meist mit dem Chef zu arbeiten, aber gerade das erfreute ihn. Der Umgang mit diesem Mann hatte etwas Wohltuendes und Stärkendes für ihn. Es ging etwas für ihn Undefinierbares aus dem Glanz dieser Augen hervor. Man meinte, ihn bei allem Respekt, den er einflößte, lieben zu müssen.

Wenn Fritz dann in die Pension kam und an langer Tafel mit all den anderen aß, fühlte er doppelt so sehr, wie einsam er hier war. Trotz aller Freundlichkeit herrschte hier die Form, und etwas Persönliches konnte gar nicht zur Auswirkung kommen.

Gleich nach seiner Ankunft hatte Fritz vier Briefe geschrieben: einen an seine Eltern, den zweiten an Gudelius, dann an Alfred und schließlich an Magda. Zwei davon waren mit dem Vermerk „Annahme verweigert!“ zurückgekommen – von Alfred und dessen Vater.

Sein Vater hatte bald geantwortet. Er hatte dem „Jungen“ Mut gemacht. Auf Jesum solle er schauen, treu sein und fleißig die Heilige Schrift lesen, das würde ihm helfen.

Magda hatte auch geschrieben, ganz kurz nur; aber es klang daraus ein Ton, der Fritz das Herz schneller schlagen ließ.

In den stillen Stunden lernte Fritz bald, was er in den letzten Jahren versäumt hatte. Er sah ein, dass es heilsam war, dass er in die Stille musste. Er hätte jetzt gern im Jünglingsbund oder in der Sonntagsschule gedient; aber weil er den Versammlungen in der Woche nicht beiwohnen konnte, ging es nicht. Ach, und daheim hatte er soviel Gelegenheit zur Reichsgottesarbeit ungenützt vorbeigehen lassen, versäumt über der Arbeit, die er liebte, in der er aufging. Er sah ein, dass man die Arbeit auch zu sehr lieben kann, dass man auch da zuviel tun kann und dass das Werk Gottes darunter leidet.

Welcher Segen von den stillen Wochen ausging, wie seine Seele erstarkte und wuchs, das begriff Fritz erst viel später. Aber der Friede seiner Seele war wiederhergestellt. Und wenn der Gedanke an das Unrecht, das ihm geschah, ihm hier und da eine Stunde trübte, so war er doch bald wieder still und befahl es Gott an, seine Unschuld an den Tag zu bringen.

Von Magda bekam er regelmäßig Nachricht. Ab und zu schrieb auch Frau Hella, von deren Gotteskindschaft er freudig Kenntnis nahm. So schenkte ihm Gott bei aller Einsamkeit innerlich doch manche Erquickung, die sein junges geprüftes Herz stärkte und ihn dem Heiland näherbrachte.

Von Paul bekam er die meiste Post. Er sparte eifrig für die Deckung der Schuld und Fritz half ihm treu und noch treuer stand er betend für ihn ein.

Ach, so manchen schloss er in seine Fürbitte ein: sowohl seinen jetzigen Chef als auch den früheren, seinen Freund Alfred, Vater und Mutter, Bruder, Schwester und nicht zuletzt Frau Hella, ach, und die eine, die er liebte!

In gedrückter Stimmung fand der Abend die ganze Familie Gudelius. Finster blickte der Vater drein. Er aß hastig und trank viel. Frau Hella seufzte oft und sah von einem zum anderen. Sie nötigte keinen und aß selber kaum. Alfred starrte auf seinen Teller, bleich und verstört wie ein geprügelter Schuljunge. Magda sah still drein, aber sie hatte ein verträumtes Lächeln um den Mund, obwohl das Auge ernst blieb.

Später saß man im Wohnzimmer. Mit langen, schweren Schritten, dass der blitzblanke Parkettboden leise zitterte, ging der Vater auf und ab. Alfred hatte sich zurückziehen wollen, aber der Vater hatte ihm befohlen zu bleiben. Nun stand er am Fenster und sah hinaus auf das wogende Treiben der Stadt. Frau Gudelius stickte.

„Ich spiele eine Sonate“, sagte Magda. Sie ging durch das Esszimmer in den Salon und schloss die Türen hinter sich. Als hätte er nur auf diesen Augenblick gewartet, so plötzlich fuhr der Schreitende auf: „Ich werde ihm schon auf die Schliche kommen, das werde ich schon!“

„Ich sage nur, du hättest ihn nicht fortschicken sollen“, sagte Frau Hella ernst.

„Ich tue, was ich tue, und Vorschriften lasse ich mir nicht machen, das dürftest du durchaus wissen!“

„Ich bleibe bei meiner Überzeugung, dass Fritz schuldlos ist.“

„Meinetwegen!“ Der Mann schrie es schier. „Ich bleibe jedenfalls auch bei der meinen! Habe ich denn nicht Beweise genug?“

„Ich finde nicht!“

„So, du findest nicht? Ich finde doch! Und ich finde, du bist vernarrt in ihn! Du bist geradeso fromm geworden. Aber um bei den Beweisen zu bleiben, meine Liebe – er hat sich vor der Messe etwa drei oder vier Wochen fast Abend für Abend um seinen Bruder gekümmert, der ihn sonst nichts anging."

„Weil der Paul früher in Berlin war", fiel Alfred jetzt ein.

„Das glaube, wer mag! Bei Beginn der Messe, gleich in den ersten Stunden, wusste er, wie viel die Konkurrenz liefern kann, die Preise und so weiter."

„Er hat eben gefragt!", verteidigte Alfred weiter.

„Schweig, du dummer Mensch! Glaubt das ein vernünftiger Mensch, dass die Firma solch grünem Wicht, der obendrein das Ausstellerabzeichen trägt, ohne Weiteres alle Geschäftsangelegenheiten mitteilt?"

„Ja, Fritz hat es mir nachher erzählt, dass die Herren, als er ging und die Karte zurückließ, gesagt hätten, es sei eine Unverschämtheit, oder so –"

„Rede doch nicht so ein Blech! Erzählen kann man viel – aber weiter. Nach der Messe fährt er nach Berlin – er, der nie woanders hinfährt als zu seinen Eltern! Nach Berlin – und warum? Angelegenheiten seines Bruders! Lachhaft! Kannst du mir vielleicht sagen, was für Angelegenheiten das waren?"

„Paul hatte Schulden. Weil der Gläubiger plötzlich gestorben ist, hat er sich bei den Behörden erkundigt, an wen das Geld zu zahlen sei."

„Schulden? So – und er liefe dem Gläubiger nach? Da kann man sehen, dass du kein Kaufmann bist! Läuft je der Schuldner dem Gläubiger nach?

Das gibt's nicht! Nein, mein Sohn, das gibt's im Leben nicht und ist auf der ganzen Welt noch nicht dagewesen! Ich will dir sagen, wie das gewesen sein wird! Er war im Druck, der Gläubiger drängte. Dann ist er zu Pettrich & Reusch gegangen und hat sich den Judaslohn geholt und die Schulden bezahlt!"

„Nein, Gerhard", fiel Frau Hella ein, „das kann mir nicht einleuchten! Bestimmt hat er sich nach dem Gläubiger erkundigt, ebenso wie er dir die 50 Pfennig Trinkgeld zurückbrachte."

„Das liegt ziemlich weit zurück! Unterdessen ist aus dem frommen Sonntagsschüler und Laufburschen ein gewandter Kaufmann geworden."

„Aber er ist derselbe treue, fleißige, ehrliche Christ geblieben."

„Nein, er ist nicht mehr derselbe! Wie hat er sich als Gymnasiast und auch in London und Paris, nach seinen Schreiben und Reden zu urteilen, und die erste Zeit nach der Lehre hier um Jünglingsvereine und dergleichen mehr bemüht! Und wie hielt er Alfred an, all die frommen Vorträge und Versammlungen zu besuchen! Wenn man fragte: ‚Wohin geht ihr? Was tut ihr am Sonntag?', so hieß es: ‚Jünglingsbund, Sonntagsschuldienst, Gebetsstunde, christlicher Kaufleuteverein, Bibelstunde' und so weiter. Seit einem Jahr ist das alles eingeschlafen, kaum dass sie am Sonntagmorgen gingen oder einmal in der Woche."

„Er hat das mir zuliebe getan", fiel jetzt Alfred wieder ein, „weil ich ja doch allein nicht fertig werden konnte mit dem ganzen Anfangskram und weil du sagtest, wir sollten auch das Geschäftliche machen."

„Sei es, wie es sei! Jedenfalls ist er nicht derselbe! Selbst wenn er das Geld auch nicht für sich gebraucht hat, so bleibt es doch gestohlen!"

„Wer sagt denn, dass er es gewesen ist? Die Beweise hinken allesamt!", rief Frau Hella.

Nun schlug er mit der Faust auf den Tisch. „Und ich sage, sie hinken nicht! Mir genügen sie! Ihr seid vernarrt in den scheinheiligen Kadetten! Ich gehe der Sache auf den Grund, koste es, was es wolle! Und ich komme dahinter! Zuerst werde ich mal Kontakt zu den Berliner Behörden aufnehmen. Mal sehen, ob sich da nachweisen lässt, dass er dem Gläubiger nachgelaufen ist. Das zu erfahren, ist ein Kinderspiel! Danach gehe ich weiter vor!"

Gudelius hatte sich von Minute zu Minute in eine immer größere Erregung geredet und platzte nun mit seinem ganzen Zorn heraus. Er wurde dabei ganz unlogisch und kam vom eigentlichen Thema ab, sodass die Debatte eine ganz überraschende Wendung nahm.

„Hat der Bruder wirklich so viele Schulden? Woher hat er denn welche? Wie? Ist der auch fromm? Nein? Hat er gespielt und getrunken, sitzt in der Tinte und lässt den Bruder für sich stehlen!? Was hat so ein junger Mensch Schulden zu machen? Im Leben habe ich keine Schulden gemacht! Zu denen gehöre ich nicht, die ihr ganzes Geld ver – ver – saufen – ja, versaufen! – Oder hast du mich je einmal betrunken gesehen?" Mit funkelnden Augen und zorngerötetem Gesicht wandte sich der Erregte mit dieser Frage an seinen Sohn.

„Ja!“, schrie ihm Alfred ins Gesicht.

Gudelius prallte zurück.

„Wie? – Alfred – Mensch – bist du mein Sohn? Sag mir auf –“

„Auf Ehre und Gewissen sage ich es dir: Ich habe dich schon betrunken gesehen!“ Nun glühten auch Alfreds Augen.

Durch Gudelius’ Hirn huschten zahllose Bilder, wie er mitten in der Nacht, wankend heimgekommen war. Hatte Alfred gelauscht oder tags darauf etwas gemerkt? War er nicht vorsichtig genug gewesen? Schäumend vor Wut fragte er: „Wann und wo?“

„Hier, hier in diesem Haus, vorn auf der Diele, in der Nacht, als du dich als Kommerzienrat feiern ließest. Wir waren damals noch Schüler, Fritz und ich. Da haben wir dich betrunken gesehen, betrunken wie die Straßenbummler, betrunken wie Fritzens Vater, als Fritz mich schlug. Betrunken, betrunken warst du! Ich sah mit diesen Augen, dass du der Mutter Kleid besudelt hast und dich selbst und den Teppich und den Korbsessel! Betrunken warst du wie ein rechter, echter Säufer! Und wenn du es auch nicht wahr haben willst, ich weiß es und Mutter wird sich auch daran erinnern. Wenn dir zuviel ist, was ich dir sage, dann kann ich ja auch nach England gehen. Aber damit du auch weißt, warum die Dienstboten nicht hinter dir hergelacht haben; damit du auch weißt, warum es nicht im ganzen Geschäft bekannt wurde; damit du auch weißt, warum ich trotzdem noch die nötige Achtung vor dir behielt: Weil Fritz mitten in der Nacht, als du deinen Rausch und Mutter ihren Zorn ausschlief, aus der Küche Eimer und Tuch holte und zwei Stunden arbeitete, bis dein Kot – ja – ja – dein Kot – von den Sachen entfernt war; bis er deine Kleider, die die Mutter heruntergerissen hatte, und alles andere von den Spuren deiner – deiner – Sauferei – gesäubert hatte. Und das nur, damit nicht am anderen Tag die Dienstboten deine Schande sehen! Den weist du aus deinem Hause um eines unbegründeten Verdachtes willen? Dem befiehlst du zu gehen, weil Haurisius es dir in den Kopf gesetzt hat, dass nur er es gewesen sein kann! Du lässt dich beschwatzen von einem, der neidisch ist auf Fritz' Gunst und Können! Oder ist er es schließlich selbst gewesen und wollte den Verdacht auf Fritz wälzen – und es ist ihm gelungen! So, das ist meine Meinung! Und damit Schluss! Es ist nur gut, dass du auf diese Weise erfährst, wer deinen –"

Weiter kam er nicht. Der Mann, der bei den ersten Worten wie geschlagen in einen Sessel gesunken war, sprang nun hoch und stürzte mit einer Gebärde maßlosester Wut auf Alfred. „Ich schlage dich tot, wenn du noch ein Wort wagst!", schrie er.

„Ich gehe schon!" Ohne sich umzuwenden, ging er hinaus.

Gudelius ging ins Zimmer zurück. Zum ersten Mal wurde ihm bewusst, dass „die Jungen" keine Kinder mehr waren, sondern werdende Männer, die auch ein eigenes Urteil hatten.

Er sank in den Sessel und stöhnte auf: „Das – das muss sich ein Mann – ein Mann wie ich von seinem halbwüchsigen Sohn sagen lassen – und alles – alles wegen Fritz, dem Scheinheiligen, dem Betrüger!“

Er merkte erst, dass er allein war, als keine Antwort kam. Frau Hella war hinausgegangen.

Alfred irrte plan- und ziellos durch die Straßen. Er musste fort, auf jeden Fall, um jeden Preis. Aber wohin? Als Künstler galt er nichts. Bei Pettrich & Reusch hätte er sicher Anstellung bekommen, oder sonst wo. Aber welche Firma übernahm die Unkosten der Einrichtung des „Alfri“-Betriebes? Auf eigene Faust anfangen? Nein, dazu war er nicht Kaufmann genug! In Stellung gehen? Da würde man ihn schnell fortschicken! Zwei Jahre hatte er jetzt zuhause gearbeitet, aber sehr mangelhaft. Man hatte auf „Alfri“ vieles gutgeschrieben, und zudem war Fritz stets seine rechte Hand. Aber jetzt? Ohne Fritz, ohne Kenntnisse, ohne Liebe zum Geschäft, ohne Fähigkeiten?

Da besann sich Alfred, dass es das Beste sei, daheim zu bleiben und Alfri-Muster zu proben.

Am Morgen ging er zum Vater hinein. „Verzeih mir meinen Zorn, Vater.“

„Was willst du weiter von mir?“, fragte dieser, ohne aufzusehen.

„Sonst nichts, als dass du mir verzeihst!“

„Nun ja – unter Bedingungen.“

„Sag sie mir, Vater!“

„Ich verzeihe dir, wenn du mir schwörst, dass du keinen Brief von Fritz annimmst, unter welcher Adresse er auch an dich gerichtet ist; dass du ihm nie schreiben wirst oder durch irgendwen schreiben lässt; dass du nie wieder eine religiöse oder christliche Versammlung besuchst, es sei denn, dass ich dich dazu auffordere. Kannst du das versprechen? Sonst bist du in einer Stunde auf der Straße, ohne einen Pfennig Geld, ohne eine Hilfe – enterbt –nicht mehr mein Sohn!“

Schweigen – langes Schweigen, bang und dumpf.

Dann sagte Alfred langsam, mit gesenktem Kopf: „Ich verspreche es dir.“

„Einem Eide gleich?“

„Ja – Vater – einem Eide gleich.“

Wenn der Regen eintönig an die Scheiben klopfte, wenn der Himmel und die Erde grau in grau durch dichten Nebel standen, dann packte Fritz das Heimweh mit aller Gewalt. Dann schien es ihm, wenn ihm nach Geschäftsschluss in seinem wohnlichen Zimmer einsam war, als starre ihn aus allen Ecken und Enden die Verlassenheit an.

So ging es ihm an einem grauen Januartag. Er hatte sich nach alter Gewohnheit gleich nach der Mahlzeit zurückgezogen. Nun stand er am Fenster und starrte hinunter auf die Straße in den rieselnden Regen. Wie ein Verstoßener wollte er weinen.

Er wandte sich zum Schreibtisch. Gestern erst hatte er an Magda geschrieben, also konnte er nicht schon wieder schreiben; auch seine Eltern waren mit Post versorgt. Er zog eine der kleinen Schubladen auf und entnahm ihr ein ansehnliches Päckchen

Briefe. Das waren die Boten der Heimat – Magdas Grüße. Unter den Bogen suchte er einen hervor, dessen Rand das Datum des 4. Dezember trug; und nachdem er die ersten Zeilen nur flüchtig überflogen hatte, las er aufmerksam weiter:

„Was nun Deine Frage um Alfred betrifft, so kann ich Dir leider nichts Genaues sagen. Schon oft habe ich versucht, mit Alfred darüber zu sprechen, aber immer vergeblich. Er tut mir leid, denn er hat viel zu leiden von Papa. Er hat gar keine Freude mehr an den Papieren und Papa schilt, dass er nicht für neue Muster sorgt. Tagelang geht er umher, ohne ein Wort zu reden. Wenn man gut und freundlich zu ihm ist, so sagt er: ‚Lasst mich!‘ und weicht aus. Wenn Papa ihn anfährt und wütend wird, schlägt er mit einem Dulderblick die Augen nieder – und schweigt. Es ist ihm nicht beizukommen!

Neulich waren Papa und Mama ausgegangen. Ich suchte Alfred und fand ihn oben im Kontor neben dem „Alfri“-Arbeitsraum. Er hatte die Arme auf dem Tisch verschränkt, den Kopf darauf gelegt und stöhnte. ‚Alfred‘, sagte ich ‚was fehlt dir? Du bist krank vor Sehnsucht nach deinem Freund! Soll ich dir Nachricht von ihm bringen?‘ Er sah auf und nie werde ich diesen Blick vergessen! Wie soll ich den beschreiben? Als ob man einem tödlich Verwundeten scharfe Säure in die Wunden gießen würde – so leidverzerrt! O Fritz, mein lieber Fritz, ich habe geweint, geweint wie ein Kind! Und plötzlich schrie er auf, gequält, stöhnend: ‚Magda, ich darf nicht! Ich darf nicht! Ich habe es dem Vater eidlich versprochen, gleich am Tag, nachdem er ging! Magda, quäl mich nicht, frag mich nicht, es verzehrt meine Kraft, es lähmt mein Innerstes! Ich kann nicht mehr beten vor Friedlosigkeit! Ich bin wie ein Gefesselter! O Magda, Magda!‘ Er rief es so schmerzlich und seine Tränen mischten sich mit den meinen. Und ich fühlte, wie lieb ich Dich und wie lieb ich ihn habe!

Lieber Fritz, wie es nun auch sein mag, ich will ihn nicht fragen, da es ihm eine Marter ist. Jedenfalls ist es nicht sein freier Entschluss, sondern ein bitterer Zwang. Da sehe ich erst recht den Unterschied zwischen euch beiden. Er ist ohne Dich wie ein Schuljunge, der seine Schularbeiten nicht fertigbringt.“

Fritz seufzte und stützte den Kopf in die Hand. Ach, wenn er doch wenigstens festgehalten hätte an Jesu! Aber da zeigte sich wieder der große Fehler, den sie begangen hatten. Sie waren lau geworden damals, lau über der Arbeit. Nun kam die Zeit der Prüfung – und es fehlte an der Bewährung.

Armer, armer Freund! Fritz hatte keinen Groll. Von tiefem Mitleid erfüllt und mit heißem Gebet im Herzen dachte Fritz an den Freund, der sich selbst der Untreue angeklagt hatte.

Und wie stand es um ihn selbst? Er war auf die kurzen Sonntagsstunden der Gemeinschaft und auf die wenigen Briefe von Eltern, Geschwistern und Magda angewiesen, und hatte in den stillen Monaten und besonders um Weihnachten gelernt sich voll und ganz an Jesus zu halten. Ja, er war still geworden! Wenn auch in trüben Stunden die Einsamkeit bei ihm anklopfte, so diente sie ihm als Brücke zum

Wort Gottes. Er fand den besten Trost der Einsamkeit, den besten Freund und Unterhalter – Jesus.

Zu diesem Freund ging er in dieser so grauen und stillen Nachmittagsstunde und brachte alles vor Ihn, der so groß im Helfen ist.

Auch eine geschäftliche Sorge hatte er zu bringen. Ihm war ein sehr verantwortungsvoller Auftrag zugeteilt worden, und er hatte ihn gelöst – bis auf eine Abschlussrechnung. Obwohl bei allem Rechnen das Resultat zu stimmen schien, hatte er doch das bestimmte Gefühl, dass es doch nicht ganz richtig sei. Du liebe Zeit, wenn bei dieser Rechnung, die in die Millionen ging, ein Tausender oder gar ein Zehntausender zu viel oder zu wenig war! Zweimal, dreimal hatte Fritz es sorgfältig durchgerechnet, und dennoch hatte er das Gefühl, dass etwas nicht ganz in Ordnung sei. Morgen früh lag es zur Unterschrift vor und morgen Nachmittag musste es zur Post gegeben werden. Wenn es nun aber nicht stimmte? Wenn da eine Differenz war? Wenn sich der Buchhalter beim Eintragen der Rechnungen um eine Null vertan hatte?

Eine? Eine Null – eine – eine Null? Statt 10.000 – 100.000? Statt 100.000 – 1.000.000?

Hunderttausend – Million – Zehntausend – Hunderttausend –

Eine Null! Eine einzige Null!

Vor Fritzens Augen tanzte diese einzige Null einen Ringeltanz in bunten Farben. Er sah Nullen, lauter Nullen, Zahlen in endlosen Reihen und Rubriken, und alle eine Null zuviel – eine Null– eine Null!

Fritz stand auf von den Knien und wanderte im Zimmer hin und her. Eine Null – eine Null – und aus den bunten, tanzenden Nullen wurden „Alfri"-Muster in wüstem Durcheinander.

Und dann wieder – war es denn seine Arbeit, die Posten im Original zu vergleichen? Die Posten, die ihm im Kassenbuch hingelegt worden waren, die Posten, die ihm zum Auszug gegeben waren und nicht zum Vergleich mit den Originalen? Dazu hätte er gar keine Zeit gehabt!

Nein, nein, es würde, es musste stimmen!

Eine Null – eine einzige Null!

Fritz Neumann machte mitten im Zimmer halt. Wie, wenn er jetzt ginge? Der Portier würde ihm den Schlüssel aushändigen und an die Regale und Schubfächer kam er ungehindert. Jetzt hatte er Zeit. Bis zum Abend war es noch lange, da würde sich die Null schon finden lassen. Denn das stand jetzt bei ihm fest, dass irgendwo eine Null saß, eine Null zuviel oder zuwenig!

Bald saß Fritz an seinem Arbeitsplatz und rechnete und verglich. Aber soviel er auch verglich und nachdachte, es blieb beim gleichen Resultat. Stunde um Stunde verstrich. Das elektrische Licht brannte gleichmäßig still und grell. Fritz Neumann vergaß Raum und Zeit, schlug nach und rechnete.

Da ging die Tür auf. Mister MacMeans stand im Türrahmen und fragte erstaunt, was Fritz denn treibe.

„Ich habe das bestimmte Gefühl, dass hier etwas nicht ganz in Ordnung ist. Weil es morgen fortgeht, will ich es noch einmal durchsehen."

„Und wenn Sie es nicht finden?“

„Ich finde es, ich habe die bestimmte Gewissheit.“

„So zu reden, heiße ich vermessen“, sagte der Chef ernst.

Da war Fritz Neumann wieder der Alte. Da war er wieder angekommen in dem ruhigen, sicheren Glaubensbewusstsein, das jegliches Zeugnis bedingt! Wie damals als Laufbursche, so bekannte er auch jetzt, froh und siegesgewiss: „Es ist nicht vermessen, glauben Sie mir, denn ich habe Gott darum gebeten.“

Lächelnd nickte der Ältere und sagte dann: „Sie glauben?“

„Ich glaube nicht nur, ich weiß.“

„So? Haben Sie noch keine schlechten Erfahrungen gemacht?“

„Nein, ich habe noch keine Enttäuschung an meinem Gott erlebt!“

„Und wenn ich das morgen im ganzen Geschäft zum Besten gebe und man lachend auf Sie zeigt, was tut dann Ihr Gott?“

„Dann wird Er sich auch zu mir bekennen, wie ich mich nie schämen werde, Ihn zu bekennen.“

„Das Wort freut mich, junger Freund! Ich habe längst erkannt, wes Geistes Kind Sie sind. Ich habe nur auf eine Gelegenheit gewartet, es mir von Ihnen sagen zu lassen. Nun sorgen Sie dafür, dass sich die Null findet, und dann kommen Sie mit mir. Meine Frau wird sich freuen, Sie kennen zu lernen.“

Die Null fand sich. Eine Null, die aus Hunderttausend eine Million gemacht hatte. Ein bedeutendes Sümmchen!

Dankbar beugte Fritz seine Knie. Einmal, weil er die Null gefunden hatte, zum anderen, weil er ein Gotteskind gefunden hatte, und das in seinem Chef, den er liebte und verehrte.

Ganz oben in der „Alfri“-Abteilung war es zuerst laut geworden, dass ein Verdacht bestände, dass die Muster gestohlen worden seien. Von den drei Hilfskräften, die an den Becken saßen, fing die eine an sich aufzuregen.

„Wer sollte anders in Verdacht kommen als wir? Herr Neumann ist nur fortgeschickt zum Spionieren – das ist nur Mache. Drei Monate ist er weg und man sieht uns ängstlich auf die Finger. Ich gebe die Kleckserei auf. Tue das, wer mag. Ich bin kein Dieb und brauch mir das Aufpassen nicht bieten zu lassen.“

So ging es Tag für Tag, erst heimlich und tuschelnd, dann vernehmlich und zuletzt herausfordernd laut. Am 1. Februar kam die erste Kündigung.

Die Einarbeitung neuer Kräfte machte Alfred wenig Freude. Fritz war da ein anderer Mann. Der wusste mit den Leuten umzugehen. Herr Gudelius kannte die Einzelheiten oben nicht, und Alfred musste wohl oder übel selbst an das Anlernen gehen.

Ach, es war so mühsam und unerfreulich. Es gab zahllose Fehlbogen. Die neuen Angestellten – die anderen beiden gingen am 15. März – beseitigten heimlich die verfehlten Bogen. Es war ja keine Kontrolle da.

Die Frühjahrsmesse zeigte, dass die Konkurrenz mit den zehn Mustern auf der Höhe war. Die Firma Gudelius hatte jetzt zwar vierzehn Muster, aber die Kunden klagten über schlechte Arbeit.

Im Büro fing es im April an. Der Chef war zu übellaunig und Haurisius spielte sich als Herr auf. Nein, es war kein schönes Arbeiten mehr hier im alten, wohlbekannten Haus Gudelius. Zwei Maschinenschreiberinnen gingen, dann unten ein Verkäufer. Der erste Buchhalter folgte dem Korrespondenten. Im Lager räumte es merklich. Überall war neues Personal. Man blieb am Wechseln. Sonst war man für Jahre sicher vor Änderungen gewesen, jetzt gab es Monat für Monat Kündigungen. Nur einer blieb – Mell.

Gudelius war nicht mehr der alte. Oft kam er morgens erst spät ins Geschäft, und meistens ging er schon um 5 Uhr fort. In der Zwischenzeit sah er hierhin und dorthin, wütete über einen verdorbenen Briefumschlag oder um ein vergessenes Komma und ließ doch im Großen und Ganzen alles drüber und drunter gehen.

Wenn er weg war, grinste man. Der junge Herr bummelte auch. Wenn man mal einen „Ausflug" nach ganz oben machte, dann konnte man ihn meist an seinem Pult sitzen und in einem Buch lesen sehen. Oder er schrieb, oder er starrte zum Fenster hinaus, oder er war gar nicht da. Selten nur rührte er seine Farbtöpfe an.

Die Angestellten hatten die halbe Zeit nichts zu tun. Wenn sie mal nach Arbeit fragten, hieß es: „Ich gebe Ihnen morgen ein Muster. Sie können mal aufräumen." Dennoch blieb ein heilloses Durcheinander da oben.

Du liebe Zeit, wenn da oben gefaulenzt wurde, wenn der Chef bummeln ging, warum sollte man denn arbeiten wie verrückt?

Frau Hella und Magda merkten nichts von dem Krebsgang des Geschäfts. Sie hatten sich nie darum gekümmert. Nur wunderten sie sich, dass der Chef nicht mehr pünktlich war. Im Übrigen machten sie weiter mit ihrer stillen Wohltätigkeit. Zu den

Tees ging Frau Hella nicht mehr. Man sah sie nicht mehr gern. Sie führte das auf ihre Gesinnung und religiöse Anschauung zurück. Aber es war nur die versteckte Verachtung für ihren Mann, denn es war überall laut geworden, was Gudelius trieb und in welchen Kreisen er jetzt verkehrte. Gudelius konnte es vor seiner Frau zwar nicht verbergen, dass er ein Trinker zu werden schien, aber es gelang ihm, durch ihr abgeschiedenes Wirken, vor ihr zu verbergen, dass er unter die Spieler gegangen war.

Wie das eigentlich gekommen war, darüber gab sich Gudelius keine Rechenschaft. Wozu auch? Er gewann ja! Er spielte ja mit Glück, und was im Geschäft durch sein Fernbleiben verdorben wurde, was da an Werten verfiel, das gewann er spielend an einem einzigen Abend.

Nein, er gab sich keine Rechenschaft. Er fühlte sich vor niemandem verantwortlich. Wie könnte er denn auch über sich gewinnen und sich selber eingestehen: Ich finde keine Ruhe vor dem Gedanken an Fritz Neumann!?

Ja, das war es!

Er hatte gleich nach Fritz' Abreise einige Nachforschungen versucht. Haurisius aber hielt diesen Weg nicht für angebracht. Er meinte, es sei gegen die Würde des Hauses, einen Detektiv in Anspruch zu nehmen. Das hatte ihm eingeleuchtet. Als ein paar ergebnislose Tage dahin waren, und er seinen Sohn so ernst und so gedrückt einhergehen sah, da kam ihm der Gedanke, dass er sich zu schnell hatte überreden und zu unselbstständig hatte beeinflussen lassen. Fritz könnte wohl doch unschuldig sein. Das Urteil seines Sohnes gellte ihm noch in den Ohren. Ach, was Alfred, dieser halbe, unfertige, unreife Mensch von ihm dachte, das war ihm schon gleich. Er hatte ihn ja gehörig geduckt. Was aber Fritz Neumann denken würde?

Wie ein Film rollten vor seinen inneren Augen viele Bilder vorüber. Angefangen bei dem Tag, an dem Fritz den schweren Koffer schleppte; dann, wie er Mell bat, nicht zu fluchen; wie er, von seinem Vater halbtot geprügelt, Gottes freimachende Güte pries; wie er Alfred blutig schlug und wie er ihn um Verzeihung bat – ja, und wie er mit hellem, klarem Blick sagte: „Herr Gudelius, ich bete für Sie!"

Ob er das jetzt auch noch sagen würde?

Ja, dieser Mensch, der eine innere Kraft besaß, die höher war als menschliche Vernunft, dieser Mensch, der ein Charakter war, der würde unveränderlich bleiben in dieser Hinsicht. Der würde auch heute noch sagen: „Ich bete für Sie." Er sah sich in nächtlicher Stunde heimkommen – betrunken – wankend – und dann kommt dieser Junge, kommt und putzt den –

Jedes Mal, wenn Gudelius zu diesem Punkt kam mit seinen Gedanken, sprang er auf, wie von einer Tarantel gestochen, wie ein gereiztes Tier – und dann raste er hinunter auf die Straße, Hut und Stock bei sich, rief das erste Auto an und fuhr ins Festzug oder in irgendein Weinhaus, und er trank – trank – trank – bis ihm ein Lachen aus der heiseren Kehle quoll – das Lachen beginnenden Wahnsinns.

So oft er dann zu nächtlicher Stunde heimkam, stand seine Frau vor ihm und sagte: „Hast du wieder an Fritz Neumann gedacht?“ Und er war machtlos, er konnte nichts erwidern, er legte sich, wie er ging und stand, auf die seidene Steppdecke und stöhnte.

Morgens nahm er ein laues Bad und kam mit tiefen Augen ins Geschäft. Dann schalt er und zürnte wegen Kleinigkeiten, und das Personal lief ihm weg, und die Neuen, die kamen, faulenzten.

Ein Jahr lang hatte Gudelius die nächtliche Begrüßung der Frau ertragen. Ein Jahr lang lief das Räderwerk des Geschäfts noch einigermaßen. Da kam ein Umstand hinzu, der aus dem Trinker den Spieler machte.

Als er eines Tages hinunter ins Lager kam und nörgelnd herumging, trat Mell auf ihn zu und sagte: „Herr Gudelius, ich bin hier unten der einzige, der die Sache noch einigermaßen am Laufen hält. Ich halte so ziemlich alles in Ordnung, was für mich erreichbar ist. Wenn Sie aber anfangen und auch mir das Leben ganz verekeln wollen, so gehe ich am Ersten. Wenn ich geblieben bin, so tat ich es Herrn Fritz Neumann zuliebe, weil er mich vor der Abreise dringend drum gebeten hat; dass Sie das nur wissen! Er hat mich dabei angesehen mit Augen – Sie kennen selber genau den Blick, den er so an sich hatte. Also, dem zuliebe, dass Sie es nur wissen! Im Übrigen, die Misswirtschaft überall ist bald nicht mehr schön, und wenn es so ein Jährchen weitergeht, so ist die Firma Gudelius mal eine anständige gewesen! Dann können Sie getrost Konkurs anmelden!“

Das hatte sich Gudelius von seinem Angestellten sagen lassen müssen! Er hatte kein Wort darauf erwidert. Aber vor seiner Seele stand nun wie ein Brandmal ein Bild: Fritz Neumanns große, tiefgründige Augen verfolgten ihn, diese Augen, die nicht lügen konnten, diese Augen, die so klar und wahr waren, diese Augen, die es ihm bei der ersten Begegnung angetan hatten.

An diesem Abend nahm Gudelius das Angebot, ein „kleines Spielchen“ zu machen, an. Es war eine nette Abwechslung.

Und er gewann.

Er kaufte bald ein Landhaus draußen am Stadt-Wald. Um der Begrüßung seiner Frau zu entrinnen, ließ er die Schlafräume getrennt einrichten. Frau Hella musste zusehen und konnte nicht helfen, nur beten. Magda half ihr treu – und Fritz in der Ferne. Alfred war ihnen, wie auch dem Heiland, längst aus den Händen geglitten.

Am Jahresabschluss im April sagte Haurisius bedeutungsvoll, dass die Firma ein Defizit von 200.000 Mark aufzuweisen habe. Da zog Gudelius die Brieftasche heraus und zählte dem erstaunten Prokuristen 200.000 Mark in Banknoten auf den Tisch.

Wie ein Strom geht die Zeit rastlos dem Meer der Ewigkeit zu. Fritz Neumann ist inzwischen 28 Jahre alt geworden. Er hat eine Reise übers große Wasser gemacht und hat ein klein wenig Sehnsucht nach dem stillen Landstädtchen bekommen und nach Magda Gudelius.

Sie schreiben sich noch immer. Fritz ist Mann geworden, ein Mann, der mit Gott wandelt. Hoch und stämmig ist seine Gestalt, ernst seine Züge; nur die Augen tragen noch dasselbe klare Leuchten. Fritz Neumann braucht nicht mehr lange, so kann er als Kompagnon des Herrn MacMeans in die Firma eintreten; Prokura ward ihm schon erteilt.

Aber Fritz Neumann hat Heimweh. Solange war er fort von zuhause! Weihnachten will er bei den Eltern feiern. Und dann will er zu Herrn Gudelius gehen und zu seiner Frau und zu Alfred. Um Magdas Hand will er werben. Er hat darum gebetet.

Wenn er morgens an seinem Arbeitsplatz sitzt, dann ist er ganz Kaufmann. Herr MacMeans nennt ihn nur „junger Freund“. Da tritt er eines Tages herein zu ihm und sagt: „Hier ist eine Depesche für Sie, Kabeltelegramm aus Deutschland, junger Freund.“

Die Mutter ist schwer erkrankt – man befürchtet das Schlimmste.

So fährt Fritz Neumann an einem grauen Oktobertag in die Heimat.

Wie ein Strom geht die Zeit rastlos der Ewigkeit zu. Alfred ist ein rechter Tagedieb geworden. Er lebt von dem Geld seines Vaters. Haurisius sitzt und rechnet, und das immer größer werdende Defizit wird restlos gedeckt aus der Brieftasche des Chefs.

Er spielt und spielt; man sieht ihn kaum im Geschäft. Und er ist der reichste Mann in der Stadt.

Eines Tages kommt er heim – er war in der Stadt – am hellen Mittag und tritt in den hohen kühlen Vorraum seines Landhauses. Es ist ein frischer, klarer Septembermorgen, und Gudelius ist ein wenig geblendet von dem hellen Glanz auf den Straßen. Da stößt sein Fuß an etwas Weiches. Er beugt sich herunter. An der Garderobe liegt eine Gestalt – sein Sohn!

„Alfred – Mensch, was ist mit dir?"

Ein röchelnder Ton.

Gudelius bückt sich und wendet das Gesicht nach oben. Ein durchdringender Weingeruch schlägt ihm aus dem halbgeöffneten Munde entgegen.

„Alfred – du bist – Alfred – am hellen Tag betrunken! Betrunken – am hellen, lichten Tag – du –du!"

„So'n bisschen Wein!", lallt der Liegende, ohne ein Glied zu rühren. „So'n bisschen – der eine spielt, der andere säuft. Du hast es mir ja nicht besser vorgemacht. Ich brauch – mich – nicht – nicht – und Fritz ist nicht da – der würde es –"

„Du Vieh – du – du Ekel – meinst du, der würde heute noch deinen Dreck wegräumen? Steh auf, sage ich dir – steh auf – steh auf!"

Gudelius standen die Augen aus den Höhlen vor schäumender Wut. Er trat den Liegenden mit solcher Wucht in die Seite, dass er augenblicklich nüchtern zu werden schien. Stöhnend sprang er auf.

Und nun stand er auch da mit glühenden Augen und rasendem Puls. Die Fäuste ballend zischte er zwischen den zusammengepressten Zähnen hindurch: „Das schreib dir alles nur selbst zu – du! Fünf Jahre ist der Fritz bald aus dem Haus und mit jedem Tag wird es schlimmer. Ich kann ihn nicht vergessen – und ich habe ihn lieb und bin ihm innerlich treu. Seine Abwesenheit verzehrt mich und ich sehne mich nach einem Blick aus seinen Augen. Der ist längst ein Mann geworden, aber wir – du geradeso wie ich – wir sind heruntergekommen – heruntergekommen wie durch einen furchtbaren Fluch – heruntergekommen, dass ein Mann wie Mell ausspuckt vor einem! Das verdanken wir deiner tollen Laune, die einen Unschuldigen schuldig sprach und fortschickte. Und wenn man sich besäuft, damit man das bisschen Dasein vergisst, dann willst du den Richter spielen! Haha – du spielst ja auch nur, damit du dein Gewissen nicht hörst, du willst nur den Fritz vergessen! Haha, haha – du bist ja auch so ein Lump, wie ich einer geworden bin! Vor einem Jahr, da hätte ich noch den Mut gehabt, zu schreiben: ‚Fritz, komm und hilf, die Firma geht drauf!' Das kann ich heute nicht. An dem Tag, an dem die Firma Gudelius Pleite macht, schieße ich mir –"

„Was ist denn los? Was habt ihr denn? Alfred, wie siehst du aus? Gerd – Mann – es ist ja zum Fürchten!"

Frau Hella war die Treppe heruntergekommen.

Alfred wankte an der Mutter vorbei die Treppe hinauf.

Gudelius murmelte etwas Unverständliches, hob den Hut von der Erde auf und ging dahin, woher er gekommen war. Eine dunkle Wolke lag nun über dem Haus. Frau Hella fühlte, dass irgendetwas Furchtbares geschah, dessen Ursache und Wirkung ihr unbekannt blieb. Sie hatte das Wort „Pleite" aufgefangen und wusste es nicht zu deuten. Sollte es schlimm um das Haus Gudelius stehen? Nun, ihr Mann gab ihr, so oft sie verlangte, oft auch ohne dass sie darum bat, Geld für den Haushalt, für Kleidung und zum Wohltun. Er kam nur wenig nach Hause, meist erst gegen 7 Uhr abends, und ging des Abends noch aus, und wann er dann nachts heimkam, das wusste sie nicht. Aber was sollte er anderes tun als Geschäfte abschließen! Denn dass er nicht mehr trank, das merkte sie wohl. Er hatte es gelassen, seit sie hier draußen wohnten.

Während Frau Hella von Tag zu Tag und von Woche zu Woche darüber grübelte, ging ihr Mann mit düsterer Miene einher.

Sein Glück hatte sich gewendet. Er spielte – und spielte – und spielte. Und er sah das Geld aus seinen Händen gleiten – Banknote um Banknote.

Er spielte und spielte – und als er rechnete, merkte er: Wenn es so weitergeht, dann bin ich in zwei Monaten ein armer Mann.

An einem grauen Oktobermorgen sprach er mit Haurisius unten im Privatkontor, wo Fritz ihm so manches Mal gegenüber gestanden hatte. Warum musste er an Fritz denken, an die großen braunen Augen, die so schön in dem lieben Gesicht standen? Warum verfolgte ihn seit dem Tag, an dem er Alfred die Szene gemacht hatte, das Bild dieses Menschen?

„Herr Gudelius, Sie haben bisher noch immer den Schaden gedeckt – privat – aber diesmal –“ Haurisius hielt inne.

„Nun?“

Da nahm Haurisius ein Buch zur Hand. Zahlen über Zahlen. Seite um Seite.

„Bitte, rechnen Sie nach – es kann in zwei Tagen geschehen sein. Hier ist das Resultat“, und er deutete auf die Zahl am Ende einer langen Reihe, die das Defizit anzeigte.

Gudelius beugte sich über das Buch. Eine siebenstellige Zahl –

Er erbleichte.

Es war so still, dass man eine Stecknadel hätte fallen hören.

Gudelius trat ans Fenster – eine Weile überlegte er. Dann wandte er sich schnell um und ging ohne Gruß. An der Tür sagte er noch, ohne sich umzusehen: „Morgen wollen wir davon reden.“

An diesem Abend ging Gudelius nicht erst heim. Er hatte, in einer stillen Ecke eines Cafés sitzend, überschlagen, welche baren Werte und welche Werte er in Material besaß. Ach, ein klägliches Resultat! Und immer zwei Augen dazwischen, zwei treue, tiefe Knabenaugen!

Plötzlich überkam den Mann eine wahnsinnige Angst. Wenn er jetzt nicht gewann? Wenn er nicht zusammenkriegte, was er schuldete? Er musste gewinnen – musste!

Und er gewann bei mäßigen Einsätzen. Da wuchs ihm der Mut. Höher und höher wurden die

Sätze. Er spielte – und das Häufchen neben seiner Rechten wuchs.

Da war es ihm plötzlich, als ob zwei dunkle Augen auf ihn gerichtet seien, und er hörte seinen Sohn sagen: „Wir sind heruntergekommen wie durch einen furchtbaren Fluch."

Mitternacht klopfte an die geschlossene Tür. Gudelius fühlte das Blut durch alle Adern rasen, fühlte seine Glieder beben und stürzte sich auf das Spiel, ohne Besinnen, ohne imstande zu sein, denken zu können.

Als ob sich das Blatt mit der schlagenden Mitternacht gewendet hätte, so plötzlich verlor Gudelius nun. Höher und höher wurden die Einsätze. Das Häufchen wurde kleiner – bis es ganz verschwand. Zweimal zog Gudelius die Brieftasche und legte ein Päckchen Banknoten neben sich. Und dann eine Visitenkarte nach der anderen, mit hohen Zahlen jede einzelne.

„Es ist 3 Uhr – noch einmal, Gudelius, dann ist Schluss für heute." Kalt und nüchtern sagte es der Bankhalter.

Da zog Gerhard Gudelius, der Kommerzienrat, die letzte Karte hervor und schrieb eine Zahl darauf.

Der Wahnsinn brannte in seinem Hirn.

„Gudelius, Sie sind von Sinnen!", rief der Bankhalter.

„Ich will's!", keuchte der Spieler.

Dann schlugen die Karten auf den Tisch – verloren.

Gerhard Gudelius, Kommerzienrat – der Erste unter den Kaufleuten, der ernsteste, beste, tüchtigste Mann – Gerhard Gudelius war ein armer Mann. Verspielt sein Haus – sein Geschäft – sein Erbe –

Er taumelte hinaus, ohne sich umzusehen.

Draußen strich ein kühler, feuchter Wind um seine Schläfen.

Da kam er zur Besinnung.

Das war die Vollendung des Fluchs! Wie war doch das alles gekommen? Und er dachte zurück – weiter und weiter – und es fiel ihm ein, dass er es ganz unterlassen hatte, nach dem Schuldigen an den „Alfri"-Papieren zu forschen.

Weiter und weiter dachte er zurück. Ach, was blieb ihm jetzt noch? Konnte er noch einmal seiner Frau, seinen Kindern unter die Augen treten? Und angesichts all der erdrosselnden Tatsachen kam ihm der Wunsch: „Ach, könnte ich doch Fritz um Verzeihung bitten!"

Noch immer stand er an die Tür gelehnt. Da erschreckten ihn Schritte. Er bog sich ein wenig vor, das Licht der Laterne fiel voll auf sein bleiches, verstörtes Gesicht.

„Herr Gudelius, mein väterlicher Freund!"

Das war Fritz Neumann! –

Diese Nachtstunde hat Gerhard Gudelius nie vergessen, und Fritz Neumann auch nicht, wie der Alte dem Jungen die Hand gab und mit einem aufschluchzenden Schrei stammelte: „Vergib – vergib – der Fluch verzehrt uns!" Und wie er gebeichtet hatte, kurz und klar!

Soweit hatte es kommen müssen mit Gerhard Gudelius, dessen graues Haar das beginnende Alter verriet, dass er seinem ehemaligen Laufburschen beichtete und ihn um Hilfe bat.

Er war aber auch an den Richtigen gekommen. Gott hatte ihn geschickt.

Daheim! Fritz Neumann konnte seiner Mutter noch sagen, dass mit seinem Gönner und Freund alles in Ordnung sei und dass er bald für immer heimkehren werde. Dann war sie entschlafen mit dem Wunsch: „Gott segne dich!"

Fritz war von Hamburg noch am Nachmittag nach Ankunft des Dampfers weitergefahren, war nachts in der Stadt angekommen und benutzte die drei Stunden Aufenthalt, um einen kleinen Gang durch die wohlbekannten Straßen zu machen. Zwar versprach die nächtliche Wanderung nichts Sonderliches: aber er fühlte sich beunruhigt und traf auf seinem Gang zu seinem größten Erstaunen im stillen Winkel Gerhard Gudelius.

Erschüttert hörte er die Selbstanklage des sonst so aufrechten Mannes. Während seine Seele voll Gebet war, teils Lob, teils Flehen, erwog sein Kopf, was wohl zuerst zu tun sei. Er ging hinein in das Haus und vereinbarte mit dem Bankhalter eine Frist von sechs Monaten.

Seinem Chef versprach er, sobald es der Zustand seiner Mutter erlaube, käme er herüber zu näherer Besprechung.

Einen Tag, nachdem die sterbliche Hülle der geliebten Mutter dem Erdreich übergeben worden war, widmete er ganz dem Vater und den Geschwistern. Gern ließ ihn der Vater gehen, als er hörte, worum es sich handelte. Haurisius war nicht wenig erstaunt, als er am Morgen, Punkt 8 Uhr, nach längst vergessener Gewohnheit seinen Chef eintreten sah. Gudelius sagte keinem von Fritzens Ankunft und hatte ihn auch gebeten, niemandem Nachricht davon zu geben. Wirklich ernsthaft sah er sich jetzt überall um. Und er schämte sich. Wohin war man gekommen! Unten im Laden herrschte eine Unordnung, die ihresgleichen suchte. Er stellte den ersten Verkäufer als den Verantwortlichen zur Rede und bekam zur Antwort: „Wie der Herr, so der Knecht.“

Im Lager ging’s. Mell sah mit gerunzelter Stirn den Prüfenden an. Da nahm Gudelius des Alten Hand: „Ich danke Ihnen, Mell, es wird jetzt wieder besser.“ Da ging ein Leuchten über dessen Züge.

Im Kontor – du liebe Zeit, die Damen schrieben private Briefe. Auf seine Frage, ob denn nichts anderes zu tun sei, gab es nur die Antwort: „Herr Haurisius gestattet das.“

Haurisius, zur Rede gestellt, erwiderte: „Herr Gudelius, es ist ja bisher auch ohne Sie gegangen. Sagen Sie lieber, wie wir den Verlust decken.“

Gudelius schwieg in verbissener Wut. Er wartete sehnsüchtig auf Fritz Neumanns Kommen. Er blieb zum großen Erstaunen seiner Familie drei Abende zu Hause und war ruhig und wohlwollend gestimmt.

Am Morgen des vierten Tages kam pünktlich und korrekt Fritz Neumann in das Büro. Haurisius erkannte ihn im ersten Augenblick gar nicht, so ernst und entschieden kannte er den freundlich heiteren Fritz Neumann gar nicht.

Fritz ging auf ihn zu. „Guten Morgen, Herr Haurisius! Freut mich, Sie gesund zu finden. Was machen Handel und Wandel?“

Haurisius schluckte eine gallebittere Bemerkung hinunter, als er Gudelius eintreten sah.

Fritz und Gudelius zogen sich in das Privatkontor zurück, das Haurisius mit Vorliebe in letzter Zeit benutzt hatte.

Gudelius wusste um nichts Bescheid. Fritz schüttelte den Kopf ein ums andere Mal. Er sah die Bücher durch, rechnete hier und da – verglich – und schüttelte den Kopf.

„Es wird wohl gut sein, wenn ich mal Umschau halte“, sagte Fritz nach einer Stunde Arbeit, während Gudelius, unfähig, etwas zu tun, zugeschaut hatte.

Im Laden sah sich Fritz die Leute an und schrieb etwas in sein Notizbuch. Als sie auf dem Gang waren, sagte er zu Gudelius: „Ist es Ihnen recht, dass diesen Leuten gekündigt wird?“

„So ohne weiteres?“, meinte der Chef erstaunt.

„Ja, sie verderben alles. Es herrschen da ja Zustände!“ Er brach ab, es musste dem Mann doch peinlich sein. Nach einer Weile sagte er: „Das eine Fräulein war beim Bedienen so barsch und kurz angebunden, dass der Käufer wütend ging. Die andere warf wahllos alle Kästen durcheinander, ohne Rücksicht auf ihren Inhalt. Deshalb fand sich auch zwischen dem Leinen Büttenbogen und bei den Bütten Überseeleinen. Sie fehlen – an allen Ecken sieht man das.“

Mell trat ihnen aus dem Lager entgegen. Als er Fritz erkannte, ging über sein runzeliges Gesicht ein Leuchten, das Fritz bis ins Innerste erfreute.

„Meister Mell! Guten Tag, Sie Treuer!“, sagte Fritz warm und drückte die schwielige Hand.

„Guten Tag, Herr Neumann!“ Tränen kamen dem Alten. „Fritz – ach, Verzeihung –, Herr Neumann, wie ich mich freue – nein, dass ich das noch erlebe! – Es war zu schlimm die ganze Zeit. – Ich hab an keine Besserung geglaubt. – Das haben Sie gut gemacht, Herr Gudelius! Nun glaub ich auch, dass es besser wird."

Während man die musterhafte Ordnung in Mells Reich lobend anerkannte, fing Mell immer von neuem an, seiner Freude Ausdruck zu geben.

„Ach, Fritz – Herr Neumann –, so groß und schön und so ernsthaft; aber so gut scheinen Sie noch zu sein. Ich hab so oft an Sie gedacht. Was Sie für einen Blick haben? Aber das hatten Sie schon immer, gleich als Sie kamen."

„Ja, Herr Mell, die erste Schulung des Blickes verdanke ich Ihnen."

„Na – na – man nicht – nein, man nicht; so was ist angeboren. Das gibt einem der Herrgott gleich mit auf den Weg. Ja, und dass Sie es auch wissen, ich meine, es müsste Sie freuen – ich fluche auch nicht mehr. Nein – aber das andere kann ich jetzt, Herr –." Er sah auf seinen Chef; aber dann fuhr er fort: „Ja, jetzt kann ich's – beten."

Fritz' dunkle große Augen strahlten in warmem Glanz. Gudelius sah beide an und sah zu Boden.

Da meinte Mell: „Warten Sie nur, Sie lernen es auch noch – Gott gebe es, Herr Gudelius."

Da drückte der Chef warm seines Lagermeisters Hand.

Gudelius wollte um jeden Preis Fritz über Mittag mit nach Hause nehmen. Aber Fritz sagte, in Anbetracht der vielen Arbeit, die vorläge, wolle er lieber bis zum Abend warten. Man würde sich nämlich für die erste Begrüßung nicht mit einer kurzen Mittagsstunde begnügen und ihn sicher länger aufhalten. Er hatte den Morgenzug von seinem Heimatstädtchen benutzt und stillte seinen Hunger in einer Gaststätte. Gudelius telefonierte heim, er käme nicht zum Mittag, sondern erst gegen 8 Uhr abends, er habe einen Gast und bäte seine Frau um ein festliches Mahl.

Nachdem Fritz zurückgekehrt war, gab es eine gründliche Durchsicht der Büros. Gudelius fühlte, dass seine Sicherheit und seine Tatkraft wieder erwachten, und ging mit Fritz gründlich zu Werke. Eine bunte Wirtschaft! Ein krasses Durcheinander! Da lagen Aufträge, die acht bis zehn Wochen alt waren und von deren Erledigung keine Spur, kein Nachweis zu finden war. Reklamationen und Beschwerden in zahlloser Menge, und kein Duplikat wies auf Begleichung hin. Vergeblich forschte man überall in den Briefordnern nach Antwortschreiben auf Anfragen, Bestellungen und dergleichen mehr.

Fritz nahm die Mappe mit den zuletzt eingelaufenen Briefen an sich und schloss sie im Privatkontor ein. Dann hielt er Rat mit dem Chef des Hauses. Natürlich musste geräumt, gründlich geräumt werden. Gudelius war gar nicht wütend, nur traurig.

„Ich habe mir alles selbst zuzuschreiben“, sagte er leise.

Fritz nahm seine Hand: „Ich verstehe nicht, wie das alles so hat gehen können!“

„Nein, das kann nur einer verstehen, der es selbst durchgemacht hat. Ich will es dir heute Abend daheim erzählen.“

Die Angestellten kamen zurück. Sehr unpünktlich und ziemlich geräuschvoll gingen sie an ihre Plätze.

Endlich, als alle da waren, sagte Gudelius: „Meine Damen und Herren, ich erteile Herrn Neumann hier Vollmacht, sein Wort gilt wie das meine. Ich bitte Sie, das zu respektieren und zu tun, was Herr Neumann Sie zu tun heißt.“ Und er bat Herrn Haurisius zu sich hinüber.

Unterdessen trat Fritz zur ersten Stenotypistin und fragte: „Was haben Sie da für einen Brief in der Maschine?“

„Das ist private Post!“, gab sie schnippisch zurück.

„Wollen Sie bitte den Brief herausnehmen und eben notieren, was ich Ihnen sage?“

„Ich schreibe erst den Brief fertig. Herr Haurisius hat nie etwas dagegen, wenn wir mal zwischendurch etwas für uns arbeiten. Sie können mir ja eben diktieren, ich schreibe es nachher.“

„Private Briefe erledigen Sie zu Hause. Es ist von dieser Stunde an nicht mehr gestattet. Nehmen Sie den Brief jetzt sofort heraus!“

Ganz ruhig sagte es Fritz. Er sah dabei die vor ihm Sitzende ruhig und fest an. Und siehe da, mit mürrischer Miene zwar, aber ohne weitere Gegenrede entfernte sie den Bogen, faltete ihn, nahm ein Blatt vom Block und sagte: „Bitte, ich bin bereit.“

Glatt und ohne Anstoß diktierte Fritz – durch und durch Kaufmann. Glatt und ohne Anstoß floss es dem Mädchen aufs Papier. Da lachte jemand im Hintergrund. Als Fritz zu Ende war, wandte er sich um.

„Na, das wäre ja neu! So ohne weiteres lässt man sich doch nicht herumkriegen. Ich schreibe, wie mir Herr Haurisius gestattet –“

Fritz stand schon neben dem Sprecher: „Nehmen Sie den Brief heraus!“

„Nein!“, sagte der Angeredete höhnisch.

Da griff Fritz kurzerhand nach dem Bogen, nahm ihn aus der Maschine und riss ihn in kleine Stücke. Dann sagte er scharf: „Sie können Ihre Kündigung schriftlich haben. Sie sind zum 1. Dezember entlassen.“

Mäuschenstill war es im Raum. Der Getadelte stand regungslos da und sah auf die Straße hinunter. Fritz ließ ihn stehen und sah, was hier und da getan wurde. Dann wies er an, was nötiger sei, und ging ins Nebenkontor.

Gudelius hatte mit Haurisius eine lebhafte Debatte. Er warf dem Prokuristen vor, dass er das Geschäft ungebührlich vernachlässigt habe. Haurisius wurde ärgerlich.

„Ich bin alt, Herr Gudelius, und die Leute tun nicht mehr, als sie einen tun sehen – und Sie waren nie da. Jetzt wollen Sie auf einmal die Schuld auf mich abwälzen. Ist übrigens die Frage mit – mit den ‚Alfri‘-Mustern geklärt?“

„Geklärt nicht! Aber ich weiß jetzt, Fritz hat sie nicht entwendet“, sagte Gudelius.

„Hm“, machte Haurisius. „Ich meine, die Sache wäre alt genug, man braucht sie nicht mehr aufzuwärmen. Aber ich würde Vorsicht walten lassen, damit nicht noch einmal –“

„Beruhigen Sie sich, Haurisius. Sie tun besser, zu sehen, wie wir jetzt die Aufträge, die seit vier Wochen liegen, schnellstens erledigen und wie wir mit all den Beschwerden fertig werden. Hier sind die nötigsten Sachen, die zu erledigen sind.“ Damit holte er die Mappe, die Fritz an sich genommen hatte, aus dem Schreibtisch.

„Ich weiß selbst, was nötig zu erledigen ist!“, rief Haurisius ärgerlich.

„Davon hab ich nichts gesehen. Und jetzt bin ich wieder Chef, das merken Sie sich. Es geht eben nicht ohne mich, das haben Sie jetzt bewiesen.“

„Wenn es ohne mich so gut geht, kann ich ja gehen!“

Fritz hörte beim Eintreten diese Worte und sagte kühl: „Ja, Herr Haurisius, das wäre das Beste!“

Da verließ dieser wütend das Büro und schlug die Tür zu.

Fritz aber nahm das Rechnungsbuch und sah es durch von dem Tag an, an dem er das Haus Gudelius verlassen hatte.

Frau Hella hatte das glänzende Damasttuch sorgfältig ausgebreitet, Blumen vom Gärtner in kristallener Vase auf den Tisch gestellt, das alte Silberzeug des Hauses Gudelius überpoliert und die geschliffenen Weinkelche dazugestellt. Nun prüfte sie mit kritischem Blick die Tafel und freute sich des wundervollen Porzellans. Wie lange hatte man keine Gäste gesehen hier draußen! Die erste Zeit kam wohl zum Nachmittag eine der früheren Bekannten.

Sie taten aber alle verächtlich, und Frau Hella, die zu keiner Gesellschaft mehr eingeladen wurde, fühlte sich auch nicht verpflichtet Gäste einzuladen. Im Grunde war ihr das nur lieb. Sie hatte jetzt andere Interessen als Gesellschaftsessen, große Toiletten und Bälle. Und Magda war glücklich, auf diese Weise in keinerlei Versuchung zu kommen.

Frau Hella war frohgemut wie seit langem nicht mehr. Ihr Mann war drei Tage pünktlich zum Geschäft gegangen und zur rechten Zeit heimgekommen. Am Abend war er nicht ausgegangen. Zwar schien über sein Wesen ein Druck gebreitet zu sein, aber welcher Art die Wolken auch waren, wenn er nur wieder ordentlich und solide werden würde, dann würde das andere schon kommen – dann würden auch ihre Gebete endlich Erhörung finden.

Magda, das hohe, schlanke Mädchen, trat ein und umarmte die Mutter. „Mami, gutes Mütterchen, wer mag Papas Gast sein? Es klang so geheimnisvoll, dass wir ein Festmahl richten sollen! Papa ist seit ein paar Tagen wie umgewandelt."

Mit leiser Sorge betrachtete die Mutter ihr Kind.

„Was denkst du, Mutti, du schaust so ernst?"

Die Mutter schwieg und seufzte.

„Sag es mir, bitte, bitte! Ich bin doch ein großes Mädel!"

„So?" und nach einigem Nachdenken: „Nun ja, es mag gut sein, dass du weißt, was ich denke. Papa sprach neulich davon, dass es für dich Zeit würde zu heiraten."

„Mama!“

„Ja, Kind – ich dachte – gerade eben wie ich dich so ansah – vielleicht, dass er dir heute den Freier bringt.“

„Mama!“

Da lag Magda in den Armen der Mutter und weinte. Die Mutter strich ihr sanft über das dichte Haar. „Wir wollen Gott vertrauen.“

„O Mutter – wenn ich doch Nachricht hätte von Fritz!“

Und wieder war es still. Es beteten wohl beide.

„Wann hattest du die letzte Post?“

„Letzten Montag. Fritz schrieb, seine Mutter sei krank, er käme nach Deutschland noch diesen Monat. O Mutter, mir ist so bang!“

Dass sich der Vater den Wagen nicht bestellt hatte, kam beiden seltsam vor. Er benutzte sonst immer sein Auto. Dann kam die Dämmerung und verhüllte die Straße. Frau Hella half Magda die schweren Flechten hochzustecken.

„Mach mich nicht so festlich, Mutter“, bat das Mädchen.

Der Vater und sein Gast ließen auf sich warten. Endlich hörte man den Schlüssel im Schloss der Haustür rasseln, und zwei Männer traten ein.

Frau Hella, die in der Diele stand und sämtliche Glühbirnen anknipste, hörte ihren Ehemann sagen: „Komm, es wird ihnen viel Freude machen!“

Und nun standen sie sich gegenüber – Fritz und Magda. Frau Hella trat zur Seite, und Gudelius starrte vorgebeugt auf das Paar. Einen Atemzug lang schaute das Mädchen in sprachlosem Erstaunen den Geliebten an, dann fiel sie ihm in die Arme und schluchzte auf mit einem Jauchzen: „Fritz!“

Und Fritz, der große, ernste Mensch, der so tiefgründige Augen hatte, er nahm das Mädchen in seinen Arm und küsste ihr leise die Stirn.

Sie fanden keine Worte vor Glück.

Als sei mit dem Eintreten von Fritz alles Trübe und Dunkle, alles Hässliche und Böse, jeglicher Fluch gewichen, so heiter und zwanglos war es bei der Tafel. Gudelius stieß zum Wohle des Paares an und schalt lustig, dass man ihm das all die Jahre verborgen habe.

Alfred erwähnte man nicht. Er war in München. Wann er zurückkommen würde, wusste man nicht. Fritz’ Frage nach dem Freund hatte man beantwortet ohne nähere Beleuchtung. Da wusste er genug und fragte nicht – er betete nur.

Nach dem fröhlichen Mahl gab es eine ernste Stunde im kleinen Salon, wo das Licht durch den seidenen Schirm wohlig gedämpft war und die ganze Umgebung Gemütlichkeit atmete. Gerhard Gudelius beichtete. Schweigend lauschten die drei.

„An dem Tag, als du gingst, war mein ganzes Selbstvertrauen gebrochen durch Alfreds Schilderung der nächtlichen Szene, als du die Spuren meiner Trunkenheit entferntest. Ich gab bald jeden Versuch, den Verdacht ernstlich zu begründen und Beweise zu suchen, auf, denn ich fürchtete, einen anderen Täter Zutage zu bringen. Und wie stände ich dann da vor den Meinen? Ich wurde unbeständig wie Kain, als Gott ihn verfluchte. Ich fühlte den Fluch auf meinem Hause lasten, wenn ich Alfred ansah. Der Mensch war unfähig zu jeder Arbeit. Ich mochte bitten oder schelten, locken oder drohen – er blieb ein Trottel. Ich sah ihn leiden, aber ich half ihm nicht. Ich vermochte es nicht! Wenn ihr wüsstet, wie ich gelitten habe in jener allerersten Zeit, ihr könntet verstehen, dass ich zum Säufer wurde. Ja, ein richtiger Säufer! In Bars und Weinstuben lag ich herum die halben Nächte lang. Und wenn dann zuhause an der Tür meine Hella sagte: ‚Hast du wieder an Fritz Neumann gedacht?‘, so hatte ich schreien können und war doch machtlos und schwieg. Und dann kam es immer schlimmer. Mell erinnerte mich an deine Augen. O, ich kann euch nicht beschreiben, wie ich litt. Ich hatte keine Ruh. Ich sah das Geschäft herunterkommen und stand mit gebundenen Händen dabei. Ich meinte den Wahnsinn an mein Inneres klopfen zu fühlen. Ich wusste mich nicht zu retten vor mir selbst und schrie nach Befreiung. Ich sah mich immer tiefer sinken und fühlte immer fester die Verkettung. Es ist wohl das demütigendste, nein, erniedrigendste Gefühl, wenn man als Mann voll Tatkraft, Energie, Selbstbewusstsein und Stolz sieht, dass man sich selbst verliert, wenn man sieht: Du bist dein eigener Knecht. Ich habe es mir nicht eingestehen wollen und habe mir eingeredet, es sei nichts als Freiheit – frei von gesellschaftlichem Einfluss, frei vom Einfluss einer frommen Frau. Ich meinte, wenn ich wollte, so könne ich die Untugend wie ein Gewand abstreifen und tags darauf wieder auf dem Posten sein. Auf einen Versuch kam's an. Aber er missglückte schon am Anfang. Erstens war ich doch nicht pünktlich im Geschäft, zweitens hatte ich nicht mehr wie vorher die Macht über mein Personal, und ich sah sie alle hinter mir her lachen und fühlte, sie spotteten über mich. O, es war schmachvoll! Ich fasste den Entschluss, etwas Neues zu beginnen und das Spiel zu lassen. Mein Entschluss war so fest, und ich meinte, keiner könne mich wankend machen. Da kam ich am Lager vorbei und hörte Mell sagen: ‚Wenn Fritz Neumann hier wäre, könnte noch viel gerettet werden'. Ich war geschlagen. Am Abend ließ ich wieder am grünen Tisch Banknote auf Banknote flattern. Seitdem machte ich keinen Anlauf mehr. Ich schämte mich vor mir selbst. Ich wollte mich nicht nochmal vor mir selbst bloßstellen, hatte ich doch nicht einmal den Mut, anzunehmen, zu hoffen, dass ich durchhalten würde. – Ja, ihr Lieben, ihr sollt es nun hören, was aus mir geworden ist. Ihr steht im Glauben, darf ich wohl annehmen. Es ist hart, dass ich's sagen muss; aber es muss sein! Ich bin euch die Wahrheit schuldig. Vor drei Tagen –"

Der Mann hielt inne und stöhnte. Er sprang auf und maß mit langen Schritten das Zimmer. Dann presste er die Fäuste an die Schläfen und stieß gequält hervor, vor sich hinstarrend: „O, ich kann es nicht sagen, ich kann es nicht! O, es ist zu furchtbar!"

Frau Hella standen Tränen in den Augen. Magda aber sah Fritz an und dann den Vater mit angstvoll großen Augen.

Gudelius war mitten im Zimmer stehengeblieben.

Und jetzt hob er seine Arme wie beschwörend nach oben und rief mit bebender Stimme: „O Gott, erbarme Dich, erbarme Dich! – Frau und Kind hab ich ins Elend gespielt – das Erbe verscherzt – den Namen besudelt – die Ehre verloren! – O Gott – o Gott – o Gott –!“ und er sank auf einen Sessel und stöhnte tonlos: „O Gott – erbarme Dich – erbarme Dich – o – mein Gott – hilf!“

Stille – Totenstille.

Wie lange die vier Menschen wortlos mit tränenschweren Augen dagesessen haben, wie lange der Mann gebrochen vor Gott innerlich geschrieen hat, wie heiß und inbrünstig die drei Glaubenden um seine Seele gebetet hatten, darüber gab sich keiner Rechenschaft.

Alles schwieg, bis sich der Gebeugte und Zerschlagene aufrichtete, bis er dann leise sagte: „Gott wird ein Neues bauen. Helft auch ihr.“

An diesem Abend fiel das Wort „Geld“ nicht noch einmal, und das Wort „Spiel“ auch nicht.

Eine Weihestunde war es, eine Stunde der Anbetung. Von Gottes Güte war die Rede und von Seiner allerbarmenden Liebe und von der Gnade, die bewahrt und hält, und dass da Kraft ist die Fülle, wo die eigne Kraft versagt und das eigne Wollen zerschlagen ist. Gudelius hörte das Bekenntnis der drei Glaubenden mit Wehmut und Freude; mit Wehmut, weil er soviel versäumt hatte, weil er weiß geworden war über seiner Gottferne; mit Freude, weil er nun Teil hatte an solchem Gut. Längst war Mitternacht vorüber, da beugten sie noch einmal ihre Knie und erhoben dankend und lobpreisend ihren Heiland und Gott. Auf den Trümmern ihres irdischen Glücks erbauten sie in den Herzen ihrem Gott einen Tempel. Hatte Gerhard Gudelius, der Kommerzienrat, der Trinker und Spieler, doch endlich, endlich beten gelernt!

Alfred war zurückgekehrt und fand die Villa draußen verschlossen. Die Herrschaften wohnten wieder in der Stadt, hatten die Handwerker gesagt, die das Haus abputzten. Langsam schlenderte er die Straße hinunter. Die Straßenbahn wollte er um keinen Preis benutzen, aber hier draußen war ja an keinen Wagen zu kommen.

Ein Auto bog in die Straße ein, ein Mietwagen schien es zu sein. Er sah ihm nach und sah zu seinem Erstaunen, dass es an der leer stehenden Villa hielt und dass drei Herren und eine Dame ausstiegen. Die Herrschaften verschwanden im Haus. Interessiert und doch ein wenig gelangweilt ging Alfred zurück. Der Wagenführer gab ihm keine Auskunft auf seine Frage nach den Herrschaften. Er konnte oder mochte es wohl nicht. Ärgerlich sah Alfred zu den Fenstern hinauf und sah bald den Hut der Dame, und – ja, da sah sein Vater hinunter und nickte ihm zu.

Während Alfred noch überlegte, dass er nun wohl gut im Auto in die Stadt käme, trat ein großer, ernster Mann aus dem Haus. Und jetzt trafen sich die Blicke.

Wie einer, den der Wahnsinn packt, der am Rande der Verzweiflung steht, so fuhr Alfred zurück. Wie gehetzt jagte er die Straße hinunter.

Aber Fritz Neumann war ihm auch hier überlegen wie in allem. Er hatte ihn bald erreicht und umarmte ihn und lachte und weinte: „Alfred, mein Freund – Mensch – ich hab dich ja lieb – nun wehr dich doch nicht! Alfred – Alfred – mein Freund!"

Alfred schwieg. Stumm und dumpf überließ er sich dem Freund. Was er auch sagte, er antwortete nicht und sah schweigend zu Boden.

Da schwieg auch Fritz. Und sie gingen schweigend durch die stillen Vorstadtstraßen.

Endlich fing Alfred an: „Fritz, geh fort! Ich bin zu schlecht: allein meine Nähe besudelt schon. O, geh fort! Du bist gut und edel und fromm. Ich habe keinen Gott mehr – ich habe Ihn verloren."

„Nur gut, dass Gott uns nicht verliert. Wenn wir Ihn schon nicht mehr finden, so findet Er uns doch."

„Er wird mich nur finden vor dem Gericht."

„Weißt du, dass dein Vater beten kann?"

„Wie – was – mein – mein Vater? Der Spieler – der –"

„Ja, der Säufer, wie mein Vater einer war, und die Untreuen, wie ich es war, und die Furchtsamen und Schwachen, wie du einer bist, die freuen sich

Gottes besonderer Gnade. Da kann Er erst wirksam sein, wo der Mensch sich selbst aufgegeben hat."

„Du meinst es so gut, Fritz!"

„Gott meint es viel besser!"

„Ach – Fritz –!" Müde klang es.

Die Straßen waren still. Das bunte Laub löste sich, Blatt um Blatt, und raschelte unter den Füßen der Schreitenden.

Tags darauf stand Alfred im Malerkittel oben bei den Becken und mischte „Alfri"-Muster. Die Konkurrenz hatte die Papiere aufgeben müssen, weil sie keine neuen Muster auf den Markt bringen konnte.

Unten im Privatkontor aber saß Fritz und rechnete. Er hatte schon dreimal nach dem Prokuristen gefragt, aber vergeblich.

Jetzt trat Gudelius ein. „Fritz, Frau Haurisius schickt soeben einen Boten. Ihr Mann sei soeben am Herzinfarkt verstorben, ob nicht einer von uns kommen könne. Gehst du mit mir?"

„Gewiss, ich will dich gern begleiten. Herr Haurisius wird mir nun nicht mehr die Auskunft geben können, die ich wünsche. Lass uns gleich gehen, Vater."

In des Alten Augen leuchtete es auf, als er den großen, sicheren Menschen da vor sich „Vater" sagen hörte. Seinen leiblichen Sohn hatte er aufgegeben. Der würde wohl im Irrenhaus enden.

„Was wolltest du von Haurisius wissen?", fragte er im Gehen.

„Wer die Bücher geführt hat. Es wurden, soweit ich bis jetzt errechnet habe, an die Zweihunderttausend veruntreut. Es steht doch nicht ganz so schlecht um uns, wenn das so weitergeht."

Gudelius sah Fritz an und dachte an seinen Sohn, und aus dem Gedanken heraus kam die Frage: „Wo ist Alfred? Was wird aus ihm werden?"

„Alfred? Der ist oben bei seinen Mustern! Er muss doch wohl zuerst mal was tun!"

„Fritz, hast du es wirklich zustande gebracht?"

„Ich? Nein, das wirkt alles Gott. Wir müssen und können das alles nur im Glauben erbitten. Gott wird noch mehr zustande bringen! Alfred muss zurück zum Heiland!"

Da nahm der Ältere des Jungen Hand und sagte warm: „Nun werde ich für meinen Sohn beten! Ich bin schuldig an seinem geistlichen Tod."

Die Witwe empfing die Eintretenden mit stillem Weinen. Der Arzt war eben gegangen. Erschüttert standen die beiden Männer an dem Lager dessen, der vor Jahren die Fäden zwischen ihnen zerschnitten hatte, die Gottes Gnade so segnend wieder zu knüpfen wusste.

Sie blieben nicht lange, versprachen aber am Nachmittag wiederzukommen, um der Zurückgebliebenen bei den Erbschaftsangelegenheiten ordnend zu helfen. Sie nahm es dankbar an und klagte, dass sie gar nicht Bescheid wisse und sich auch nicht zurechtfinde.

Als dann Fritz und ein Notar die Papiere des Verstorbenen durchsahen, da kam es an den Tag, dass die veruntreuten Gelder der Firma Gudelius in den Privatbesitz des Prokuristen übergegangen waren und dass er auf einer Privatbank eine hohe Summe zurückgelegt hatte für sein Alter. Törichter Mensch! Und in einem Winkel des Schreibtisches lagen Briefe der Firma Pettrich & Reusch – der Beweis von Fritz Neumanns Unschuld.

Wohl oder übel musste Fritz noch einmal nach England zurück. Herr MacMeans bedauerte sehr, ihn zu verlieren, aber er gab ihm seine besten Wünsche mit auf den Weg. Für die Firma Gudelius gab er die Gelder, die das Geschäft brauchte, gegen niedrigen Zinssatz mit.

„Wenn Gott meiner Hände Arbeit segnet, so kann das Haus Gudelius in fünf Jahren wieder auf alter Höhe schuldenfrei dastehen“, sagte Fritz, als er den Schuldschein unterschrieb.

„Gott segne Sie dazu, Fritz!“, war die Antwort.

Der Frühling zog ins Land. Magda Gudelius war Frau Neumann geworden. Das Glück stand in ihrem lieblichen Gesicht und auch der Friede Gottes. Ihr Mann hatte viel Arbeit, aber die liebe Hand scheuchte die Schatten von seiner Stirn, und wenn sie zusammen Gottes Wort lasen, so wich alles Dunkel und es war Friede in ihnen.

Alfred war wie ein Genesender nach langem Krankenlager in geistigem Sinne. Langsam, sehr langsam fand er sich zurück zu dem, der seine Seele liebte. Langsam kam ihm der Friede wieder ins Herz. Mit ungezählten Rückfällen in Zweifel, Verzweiflung und Not, in wilde Anklage und stürmische Selbstanklage kam er endlich, endlich wieder in die Bahn, die Jesus den „schmalen Weg“ nennt.

Das Haus Gudelius ist wieder eine führende Firma. Zwar lächelte man manchmal über den Mann, der erst ein Spieler war und nun ein ernster, treuer Gottesbekenner ist, achten mussten sie ihn doch, ebenso wie seinen Mitarbeiter und einstigen Nachfolger Fritz Neumann.

Über die Tür des großen Hauses, das seine Fenster nach zwei Straßenfronten hat, in dem an die hundert Angestellte ein- und ausgehen, hat Gerhard Gudelius in Stein meißeln und mit Gold schreiben lassen die Worte:

„Gott allein die Ehre!“

Erzählungen von damals

Gertrud von Kamen

Zwischen zwölf und vierzehn

96 Seiten

ISBN
978-3-936894-89-9

War das eine traurige Jungscharstunde im Juni 1948! Alle Hoffnung auf eine gemeinsame Freizeit war den Mädchen genommen. Alle Freude war umsonst! Am liebsten würden sie sich einmal richtig ausweinen …

Doch die Jungscharleiterin Hilde bereitet den Mädchen als Ersatz eine Überraschung: ein gemeinsames Wochenende in der Jugendherberge auf dem Königsberg. Hier bekommen die Mädchen endlich die Antwort auf die Fragen, die sie seit der Zeltevangelisation bewegt haben …

Erzählungen von damals

Helene Berthold

Elisabeths Bibel

64 Seiten

ISBN
978-3-936894-90-5

Die zwölfjährige Elisabeth liebt von ganzem Herzen den Herrn Jesus. Die Bibel – das Buch, das von Ihm erzählt – hält sie hoch in Ehren und kann es nicht dulden, wenn jemand abschätzend von ihr spricht. Als das Mädchen hoffnungslos am Scharlachfieber erkrankt, ist es ihr letzter Wunsch, ihre Bibel jemandem zu schenken, der den Herrn noch nicht kennt …

Erzählungen von damals

Anna Speen

Evangeline

aus
„Onkel Toms Hütte“

128 Seiten

ISBN
978-3-86203-013-2

Eine Erzählung aus der Sklavenzeit in Nordamerika, über eine ungewöhnliche Freundschaft zwischen zwei Menschen, wie sie nicht unterschiedlicher sein könnten. Ein kleines blondes Mädchen – und ein schwarzer Mann. Ein Herrenkind – und ein Sklave.

Was sie verbindet, ist der kindliche Glaube an ihren Gott. Doch der Herr führt Seine Kinder manchmal schwere Wege …

Erzählungen von damals

Jeanet Ferry

Herberts Heldenmut

288 Seiten

ISBN
978-3-86203-012-5

Herberts Entrüstung über seinen Zwillingsbruder Walter kennt keine Grenzen. „Ich kann ihm nicht verzeihen, dass er Schande über unsere Familie gebracht hat!“

Aber da ist ihm plötzlich, als klängen ihm von irgendwo die ernsten Worte entgegen:

„Wer seinen Bruder hasst, der ist ein Totschläger …“ Gott gibt ihm die Kraft nicht nur zu vergeben, sondern bald darauf seinem Bruder das Leben zu retten. Doch bei Walter dauert es noch lange, bis er zu Gott und zu seiner Familie zurückfindet.